# 恋の穴におちた。

Falling in love
with you
by
Akira

日日日

イラスト neco

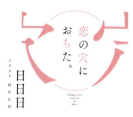

CONTENTS

# 恋の穴におちた。

日日日

イラスト neco

Falling in love
with you
by
Akira

# PROLOGUE

『穴』の向こうに美しい顔があった。

一瞬、上手な絵画かと思った。そのぐらい非現実的な美貌だった。

小学生ぐらい、つまり十歳ぐらいの男の子だ。芸術的な曲線を描く長い睫《まつげ》に縁取られたぱっちりお目々は、鳶色《とびいろ》。薄めのくちびるの奥に覗《のぞ》く綺麗《きれい》な歯は純白で、象牙細工のようだ。女の子じみて長い黒髪は、光を反射して天使の輪っかを浮かばせている。

私のすぐそばにある『穴』のサイズはさほどではなく、その子の顔と、かろうじて首元あたりまでしか見えないため——服装はよくわからない。

顔だけだと、性別もあまり判然としない。

人間かどうかすら、わからなかった。

彼が一言、声を発してくれるまでは——だから私は無言でただ見とれてしまった。

「あのう」

美しい顔の持ち主は、硬直している私におずおずと呼びかけてくる。

「おとなりさん、ですか？」

そして、小動物のようにかるく首を傾《かし》げていた。

それが、すべての始まり。
私と彼の、何とも表現しづらい奇妙な交流の幕開けだった。

CHAPTER—1

# OLD GIRL

非常に居たたまれない空気のなか、私は十七本目の煙草《たばこ》を灰皿に押しつけた。

自宅の近所にある喫茶店は換気が良くないらしく、私の周囲には憂鬱な白い雲がもくもくと形成されている。

あぁ、この靄《もや》に飲まれて消《き》え失《う》せてしまいたい……。煙玉を地面に叩《たた》きつけて逃走する忍者みたいに。

「忍者？」

どうでもいい思考が口から漏れていたようで、正面に座っていた毎阪《まいさか》さんが反応して口を開いた。

その双眸《そうぼう》は、けだものじみて爛々《らんらん》と輝いている。

「良いですね忍者！　ご主君のために命懸けで任務を達成するでござる～、とか言っちゃう健気《けなげ》でちっちゃいショタ忍者……！」

変なつぼに入ったのか、毎阪《まいさか》さんは延々と「甲賀《こうが》にします伊賀《いが》にします？　オタクはそのへんチェック厳しいから具体的に決めとかないと！　でもやっぱり風魔ですよね風魔～、謎がおおいからこそ想像が膨らむしトンデモ忍法とか出したい放題です！」とか何とか夢中で喋《しゃべ》りつづけている。

発言はわりと突飛だが、彼女――毎阪《まいさか》さんは素朴でかわいい見た目をしている。中学校に入ると同時に成長期が止まったと本人が言い張っているとおり、ずいぶん小柄で、背だけはにょきにょきと伸びてしまった私なら小脇に抱えて運べそうだ。

ただ彼女は立派な社会人であり、私よりも年齢は十歳ほど上のはず。微妙に年齢不詳だが、この業界のひとはだいたいそんな感じだ。普通に生活し、真っ当に齢《よわい》を重ねていく人々が暮らす世界と切り離された魔界なのだ、出版業界というやつは。

「先生、前に時代劇っぽいの書いてましたしね。普通にいけるんじゃないですか、忍者？わたし資料とか集めますよ全力でっ、それが編集者の仕事ですからね！」

その言葉どおり、毎阪《まいさか》さんはやり手のフリー編集者（出版社に所属せず、あちこち渡り歩いて編集の仕事を代行するひとたち）だ。

以前は小説家として活動していたのだけど、私がデビューしたのと同じぐらいの時期にそっちの道からは身を引いてしまっていた。

私は昔の、奇妙で謎めいていて魅力的な小説家・毎阪幸広《まいさかゆきひろ》（ペンネーム）の大ファンだったので、彼女が編集者としての己を強調するたびに寂しい気持ちになる。

本人が決めたことだし、お互い良い大人だし、何も言うべきではないけど。

「『先生』って呼ばないでくださいね、毎阪《まいさか》さん」

複雑な気持ちを抱えているせいで、微妙に噛《か》みあってない言葉を返す私に、毎阪《まいさか》さんはそういう私のコミュ力の低さにも慣れているから――あっけらかんと応える。

「あはは。嫌がるひといますよね、なぜかたくさん。『私、先生なんて呼ばれるほど偉いひとじゃないです』みたいな？　な～んか逆にいやらしい感じがしますけど！」

「いや……。私にとっては毎阪《まいさか》さんが先生なので、先生に先生って呼ばれると変な具合なんです」

実感をこめて言った。デビュー当時、右も左もわからなかった私を、毎阪《まいさか》さんは親身になってお世話してくれた。ううん、今もこうして、作家から編集者に立場は変わったけれど――私を導いてくれる。恩師だ、いろんな意味で。

「私、実際、偉くないので……。小説家、って呼ばれるのも釈然としないです」

「何で？　この出版不況のご時世に、一冊で十五万部も売っちゃった時代の寵児《ちょうじ》――新進気鋭のBL作家、牛老丸《うしおいまる》先生が小説家じゃないなら誰がそれだって言うんです？」

もともと作家だったのもあって、毎阪《まいさか》さんはたまに物言いが大仰だ。

ともあれ牛老丸《うしおいまる》、というのが私の筆名だ。下の名前はなく、牛老丸《うしおいまる》。牛若丸――源《みなもとの》義経《よしつね》に引っかけたんですよね？　などとよく言われるが、普通に本名である。

苗字《みょうじ》が牛老丸《うしおいまる》で、下の名前は華菜《ひいな》。

でも最近は、めっきり苗字で呼ばれることが増えた。あんまり好きじゃないんだけどな……。かわいくないし、高校生のころに諸事情あって苗字が変わったので自分の名前という感じがしない。ペンネームなんてそんなものかもしれないけど。

「とにかく！　いつまでも喫茶店で有毒ガスを発していても非生産的なので、今日はもう帰ってプロットつくってください！『忍者』ってキーワードらしきものは見つかったんだし、とことんそれを掘りさげて考えるところから始めましょう！」

嫌煙家の毎阪《まいさか》さんは鼻の上に皺《しわ》をつくり、わざとらしく手を振って煙を散らしながら、テーブルに置かれた伝票を軽やかに拾って立ち上がる。

「先生。みんなが新作を期待してるんです、当然——わたしもね。いつまでもグズグズと駄々《だだ》をこねてないで、一文字ずつでもいいから生産してください」

長い付きあいの気安さで、毎阪《まいさか》さんは私の後頭部を軽く叩いてからレジに向かう。私はもたもたと、打合せのために広げていたメモ帳と赤ペンを鞄《かばん》に仕舞《しま》っていく。

わかっている、たくさんの読者が待ってくれていることは。

それが、どれだけ有り難いことかっていうのも。

人気がでなくて打ち切りの連続で、どう足掻《あが》いても新作を世にだせなくなって泣く泣く筆を折った毎阪《まいさか》さんの言葉は重い。それに、私だってつい半年前までは同じような立場だったのだ。

売れない作家は地獄を生きる。

私は運良く、そこから解放されたのだ。

けれど——。

私にはどうしても、ＢＬというものがよくわからない。

○ ○ ○

私……牛老丸華菜《うしおいまるひいな》は、十九歳のころに小説家としてプロデビューした。

当時はそこそこ話題になったように思う。

出版社としてもかなり期待をかけてくれていたのか、十年も受賞者が出ていなかった新人賞の大賞（最上位の賞）を与えてくれて、『天才現る！』だの何だのと恐縮するような煽《あお》りかたをして売り出してくれた。

私がデビューしたのは男性向けの、中高生をターゲットにしたいわゆるライトノベルと呼ばれる小説群を発売している部門《レーベル》だった。普通の、ご大層な文学賞などを与えられるようないわゆる一般文芸に比べて軽く、低く扱われがちなオタク向けコンテンツだ。世間の有識者、親や教師が決して評価しない、低俗な娯楽である。

でも私は、そんなライトノベルが好きだった。

かわいくてカラフルで、親しみやすくて魅力的なイラストが満載の、夢物語たち……。

そこでは愛と友情と、奇跡と夢と、この世に存在するあらゆる尊いものが描かれていた。

昔、それなりに幸薄い青春を過ごしていた私は、何度も何度も救われた。

耐え難い現実の、日常のなか――ゆっくり心が冷えて死んでいくだけだった私は、ライトノベルによって生かされた。

わくわくするような冒険に胸を躍らせ、大好きな登場人物たちの愉快な掛け合いに大声で笑い、切ない恋愛に泣いて、この世を破壊しようと目論《もくろ》む巨悪に本気で怒り狂っていた。哀《かな》しい結末を見たときは、何日も寝床から起き上がれなくなるぐらい落ちこんだ。逆に幸せな結末を迎えた物語を、感涙しながら祝福した。

人間が本来、備えているはずの情動のすべてを、私はライトノベルから与えられた。

毎日の生活に輝きを、私に人間らしさを与えてくれた、唯一、信仰する神さまだった。

だから私も誰かに、同じような得難《えがた》いものを与えたいと――。

傲慢にも、そう願ってしまって。

奇跡のように夢が叶《かな》って。

万雷の拍手で迎えられて……。

結局、ライトノベル作家としての私は、さっぱり評価されなかった。

〇〇〇

小説家として華々しくデビューしてから、ちょうど十年——。

今年で二十九歳になる私が、これまで出版させてもらえた本はたったの五冊だ。

若気の至りで変てこなペンネームをつけてしまっていたライトノベル作家としての私の、デビュー作はそれなりに売れた。

話題性もあったし、未成年の小娘が男性向けライトノベルを書くのは珍しかったのか、やたらと取材されたし、写真も何度も雑誌に載ったりサイン会もしたり……。アイドルみたいな扱いをされたので、けっこう知名度もあった。

だから興味本位で本を手に取ってくれるひとが、それなりにいたのである。

けれどそのデビュー作は、自分ではなぜか勘違いしていたほどには上等な代物ではなかったらしく……。同時期に歴史に残るような大傑作が発売されたのもあって、完全にその陰に埋もれてしまった。

読者は正直だ、面白いものを選ぶ。

私は選ばれなかった。

かつて私を救ってくれたような、神さまにはなれなかった。

かろうじてデビュー作はシリーズ化し（ライトノベル業界では当たり前のようにそうなる）、第二巻、第三巻と発売されたが鳴かず飛ばずで打ち切り。

それがショックでしばらく鬱《うつ》になり（その際に、支えてくれたのも毎阪《まいさか》さんだ）、ようやく復帰したあとに発売してもらった本は、ちょっと笑えるぐらい売れなかった。

そこで私は、小説家としてはいちど死んだのだ。

デビュー前の、毎日のように発売される本を楽しみにして、読むだけのファンに戻ったのだ。元通りになっただけなのに、つらかった。

それから——亡霊のように、ぼんやりと生きていた。

ぜんぶが夢だったみたいだ。

自分が小説家だったことすら、忘れかけていた。

それなのに。ずっとお世話になっている毎阪《まいさか》さんが厚意で回してくれたお仕事——ＢＬ小説が冗談みたいに売れてしまい、私は今、たいへん戸惑っている。

十五万部突破？

ライトノベル作家としての私が、最後に発売した本の実売部数は五百部だったのに？

あぁ……。この世界を統べる本物の神さまのご意志は難しすぎて、私にはさっぱり読み解けない。ぜんぜん、わけがわからない。

○　○　○

BLは、ボーイズ・ラブの頭文字だ。

知らない間にずいぶん認知度の上がった言葉らしくて、普通のひとでも何気なく口にしていたりして驚く。

読んで字の如く男の子どうしの恋愛（とくに性愛）を描くジャンルで、その歴史は古く、私が生まれる前から現代まで脈々と文化が根付き受け継がれ発展をつづけている。

私もそんなジャンルが存在することは知っていたのだけど、正直まるで興味もなく、自分が書くことになるなんて夢にも思っていなかった。

けれど。毎阪《まいさか》さんの知人が主にBL小説を刊行する編集部の長となり、書き手が足りずに困っているというので、私に「書きませんか？」と依頼がきた。

穴埋めの助《すけ》っ人《と》を頼まれたのである。

私はほぼ小説家をつづけることを諦めていたのだけど、お世話になった毎阪《まいさか》さんから直々《じきじき》に頼まれ、義理もあったし暇だったので——何気なく引き受けた。

生ける屍《しかばね》のようになっていた私を毎阪《まいさか》さんが心配し、社会復帰する一助になれば、みたいに気を回してくれているのも何となく察していたし。

ＢＬについては門外漢だったので、そっち方面に詳しい毎阪《まいさか》さんに手取り足取りいろいろ教えてもらいつつ、資料としてもらった参考文献をがんばって読みこんだ。

そうして得た結論は、書けるか書けないかで言えば書ける……だった。

極端な話、ジャンルはちがうものの、同じ小説——同じ無数の文字の群れだ。私はそれをまがりなりにも（その時点では）四冊、書き上げていた。

売れなかったけど。

箸にも棒にもかからなかったけど。

それらしいものを一冊ぶん、書き上げることは技術的には可能なように思えた。

だから、書いた。

大真面目に。

小手先だけで適当に、一冊ぶんの文字数を紡ぎ上げるなんてことは、すくなくとも私には無理だ。命を削る。一文字、打ちこむたびに生き血が抜かれる気分だ。

それでも書いた。

ほとんど誰にも見向きもされず、求められなかった私の物語を……。どんなかたちでも、再び世の中に投げこめるのが嬉《うれ》しかった。あぁ、私はほんの一瞬だけでも、それだけが目的で生きていた時期があったのだ。小説家だったころが。

再び私は、そんな夢のような、奇跡のような私になれる権利を得たのだ。

思っていた以上に、私にはそれが嬉しくて、夢中で書いた。

あっという間にジャンルがどうとか、小難しい理屈は吹っ飛んで、私は物語のなかにのめりこんだ。世界を一から築き上げ、それを維持し発展させる、私は神さまだ。

その快感と充足感、多幸感に満たされたまま、どうにかこうにか書き上げた。

それっきり、いったん忘れてしまった。

夢から覚めるみたいに。

予定されていたその本の発売日の、夜のうちに、興奮した様子の毎阪《まいさか》さんから電話がかかってくるまでは……。

――大好評につき売り切れ続出！　緊急重版です！

――おめでとうございます、牛老丸《うしおいまる》先生！

私はそんな毎阪《まいさか》さんの声を、真夜中の自宅で、パジャマ姿でぼんやり聞いていた。

我ながら恥ずべき偏見があり、ライトノベルを書いていた時代とは別の筆名をつけていたことすら忘れていて、「牛老丸《うしおいまる》先生」と呼ばれても他人のことのように思えた。

だからすぐには反応できず、ぽかん、と馬鹿みたいに口を開いて毎阪《まいさか》さんに問うた。

――え？　どういうこと？　あの本が売れたんですか？　何で？

ひたすら混乱したし、その疑問は今でも解消されずに私のすべてを震撼《しんかん》させている。

一瞬で私の人生は様相を変えて、見たことのない色に塗り替えられてしまった。私はいちど死に、生まれ変わって――大人気のＢＬ作家・牛老丸《うしおいまる》先生になっていたのだ。

……いったい誰なんだ、そのひとは？

○　○　○

喫茶店で毎阪《まいさか》さんと別れたあと、私はそのまま徒歩で自宅に帰った。

都会からかなり離れた辺鄙《へんぴ》な町で、私は一人暮らしをしている。生活に必要なものは一通り揃《そろ》うし、不便もない。でもそれだけで、とくに目立った観光スポットがあるわけでもないし、面積のわりに人口もすくない。

かつてはそこそこの温泉地として賑《にぎ》わっていたようなのだが、酷《ひど》い震災を経て温泉が湧く位置が町の外までズレてしまったようで（地盤が歪《ゆが》んだ?）、この土地の最大のうまみが余所《よそ》に移ってしまった。

結果として、どんどん寂れている。

人々は仕事や刺激を求めて都会や、温泉が今も湧いている隣の町へと引っ越しつづけ、とくに若者がいなくなって過疎化している。

そのぶん不動産などの価値も下落しているのか、私が暮らしているマンションもほぼタダ同然。そのわりに設備は快適で綺麗《きれい》で、広々とした3LDKの生活空間がある。

一人暮らしなのでそんなに部屋などは要らないのだが、他界した両親と祖母から受け継ぎ、とくに引っ越す理由もないのでそのまんま使っている。

「ただいま」

誰からの返事もないのはわかっているものの、つい習慣でそう言って、私は自宅の玄関で右の靴を脱いだ。壁に手をつき、苦労して左の靴も脱ぐ。

むかし事故に遭ったお陰で、私の左足はほとんど麻痺《まひ》している。

なので気を遣って、毎阪《まいさか》さんも打合せは私の自宅でしようかと言ってくれるのだけど。

ちょっとぐらいは歩いたほうがいいのだ、引きこもっていると気が滅入《めい》るし。

部屋の灯《あか》りを点《つ》けて、リビングのソファに鞄を放った。

勝手知ったる我が家を無言で歩き、仕事部屋に移動。椅子の先っぽに腰掛けて、スリープ状態にしていたノートPCを開いた。

ワープロソフトを開いて、手早く『忍者』『BL』と打ちこんだ。

そのまま十五分ほど、停止。

「……駄目だ」

何も思い浮かばず、仕事部屋から出る。細い廊下を歩き、リビングに接したベランダへと向かう。煙草《たばこ》を喫うためだ。

着替え、歯磨き、風呂、食事、睡眠……。様々なやるべきことが頭に浮かびはするのだけど、それらは誰にも急《せ》かされない。

私にとっての緊急任務、最優先課題はBL小説の執筆だ。

そのために、脳みそにニコチンを注入して活性化させる必要がある。

うちのマンションでは屋内での喫煙が禁じられており、煙草はベランダでしか味わえない（前に面倒になって仕事部屋で一服したら、火災報知器がガァガァと鳴り響いた）。

やや億劫《おっくう》だが、慣れた。壁に手をつき、左足を引きずりながら歩く。

その途中で、不意に私は異音を耳にした――気がする。

「……………？」

気のせいかな……などと片付けて、聞こえないふりをすれば良かったのに。

〇〇〇

奇妙な物音は、断続的に聞こえた。

音の発生源は、玄関から見ていちばん奥まった位置にある寝室である。私は単に歩くだけで難儀するし、面倒なときは仕事部屋のソファでゴロ寝してしまうので、普段はあんまり立ち入らない。

掃除も適当にしかしていないので、なかなか散らかっている。他人様《ひとさま》には見せられない……。でもまぁ、わざわざ自宅までくるような知りあいは毎阪《まいさか》さんぐらいだし、彼女には私のだらしない性格は知られているから問題ないのだ。

「何の音……？」

独り言をつぶやきながら、部屋の灯りを点けつつ室内を見回して、音の出所に見当をつける。どうも、普段はぜんぜん使っていない寝室の収納スペース——物置から音がする気がした。

ちょうど配置上、ベッドが邪魔で使いづらい物置だ。私にはあんまり物欲もないし、私物もほとんどないので利用しなくても不便はなかった。たしかここで暮らし始めた当初、荷物を梱包《こんぽう》していた段ボールとかを束ねて放りこんで、それっきりだった気がする。

壁紙と一体化するようなさりげないデザイン上の工夫もあって、今の今まで、そこに物置があることすら忘れていたぐらいだ。

でも、そこから音がする。

確実にする。

けっこう防音がしっかりしたマンションで、普段はほぼ一切の生活音なども響いてこない静かな環境だからこそ、その物音は異様におおきく聞こえた。

がたっ、とか……。ごとっ、とか……。

何かの生き物が物置に閉じこめられていて、出たい出たいと主張しているみたいな、ちょっと不気味な音だ。

「何なんだろう……？」

私はすこし怖くなってきたが、放置もできない。ベッドまで歩いて膝《ひざ》をつき、脱ぎ捨てたままだったパジャマや、寝る前に読んでいた文庫本を掻《か》き分《わ》けるようにして這《は》う。

そして物置の襖《ふすま》に、触れた。

ごくりと生唾を呑《の》み、勇気をだしてそれを開いた。

そして、あの子と、目が合った。

○
○
○

最初は、お化けかと思った。

つまり――心身的な疲労感から、幻覚を見たのではないかと。

苦労してベッドの奥にある物置、その襖を両手で開いた私は、両膝を柔らかな寝床につき謎の体操をしているようなわりと不様な姿勢で、何度も瞬《まばた》きをした。

引っ越した当時に放りこんだままだと思われる、ビニール紐《ひも》でくくられた段ボールの真上。物置の、たぶん隣家と接しているだろう位置の壁に――『穴』が空いている。

ちいさな穴だ。

サイズ的には、私の手のひら二つか三つぶん。

綺麗な円形に刳《く》り抜かれた感じで、穴というよりお洒落《しゃれ》な窓のようにも見える。

そんな穴の向こうに――いたのだ、見知らぬ誰かが。

たぶん男の子だ。

たぶん、と曖昧《あいまい》なのは薄暗くて微妙によく見えないのと、その子があまり性差のはっきりしない年齢らしく、おまけにとびっきり美しい造形をしているせいだ。

綺麗すぎて、逆に偽物っぽい。

それこそ私はぼんやりBL小説について考えていたから、主に女性の理想がめいっぱい詰まったそんな世界の登場人物を白昼夢に見たのかと……。

自分の妄想を見たのかと、思ったのだ。

あるいは本当に、お化けかと思って、見てはならないものを見たという不気味な感覚から——私はちいさく声なき悲鳴をあげた。

「ひっ——」

その声に反応したのか、穴の向こうにいる男の子はうっそりと顔をあげる。

どの角度から見ても美形だ。

ぱっちりお目々。長めの黒髪。鳶色《とびいろ》の瞳。象牙細工の歯。

「あのう。……おとなりさんですか？」

私とばっちり目を合わせて、お化けみたいなその子が問いかけてきた。

変声期なのかちょっと掠《かす》れたガラガラ声で、わずかにそれが彼の美しさを損なっていて、私はようやく目の前のその子が幻覚ではないと実感する。

でも。だったら、いったい何なのだろう？

……おとなりさん、って言った？

つまり。普通にいつの間にか物置の壁に穴が空いていて、隣家と空間が繋《つな》がってしまったのだろうか。他人と私の居住空間を仕切っていた薄っぺらな壁に、穴が空いて……。

そんなの有り得ないと反発するほど非現実的な出来事ではなかったので、私はとりあえずそう推測し納得して、どうしよう——と頭を抱えそうになった。

他人は苦手だ。

男はとくに。

子供とはいえ。

「えっと。と、隣のおうちの子……？」

私としてはかなりがんばって、なるべくはっきり問いかけてみた。

隣のおうち……。誰が住んでたっけ。ご近所付きあいなんかしていないし、それどころか同じマンションの住人と一緒にエレベーターに乗る羽目になっただけで半日ぐらい憂鬱になる私だから、ぜんぜん知らない。

かなり防音がしっかりしているマンションなので（それは執筆に集中できるから、気に入ってるし助かってるが）生活音もしないし、普段は他の住人の存在も忘れるほどだ。

うんうん唸《うな》って隣家の住人の詳細を思いだそうとしたが、まるで記憶になかった。何度か、眼鏡をかけた真面目そうなサラリーマン風の中年男性が出入りしているのを見たような見ないような……？

「はい」

物怖《ものお》じせず、男の子は興味深そうにこちらへ顔を寄せてくる。

今さら気づいたが、距離が近い。手を伸ばせば触れられるぐらいだ。

怯《ひる》み、やや身を仰《の》け反《ぞ》らせ、私はまるで平静を取り戻せないまま問いを重ねる。

「お、お名前は？　何歳《いくつ》？　そこで何してるの？」

「あっ、しるふです」

「妖精《シルフ》？」

「知ってる、の『知』に妻と夫の『夫』で『知夫《しるふ》』なんです。変でしょう、普通は同じ漢字でもトモオって読むよねってよく言われます」

「しるふ、しるふちゃん……しるふくん？」

「はい。あっ、それは下の名前で、苗字はやくていです」

「や、やくて……？」

「お薬の『薬』と、てい……こっちは説明しづらいんですけど。ご、豪邸？　とかの『邸』

です、それで『薬邸《やくてい》』です」

薬邸知夫《やくていしるふ》。

名前まで浮世離れしてるというか、フィクションの登場人物みたいだ。またも、この子が私の生んだ妄想、あるいは疲れて見ている幻覚なのではないかという疑いが芽生え始める。だって、妖精さんの名前でしょう？

でも変な名前だからこそ、漢字とかをこう書くんだよ～みたいな説明に慣れている素振りが、妙に現実的で……。私も同様に変な名前ゆえの煩《わずら》わしさを感じたことが何度もあるので、共感と、やけに生々しい肌触りめいたものがあった。

妖精じゃない。生きて動いている人間だ。

でも、それは私がこの世でいちばん苦手なものだった。

「お姉さんの名前は何ですか？」

しるふくんとやらが、わりと無邪気に問いを返してくる。

お姉さん、なんて呼び慣れなくて変な気分だ。

あぁ、こんなことをしてる場合じゃないのに。BL小説のネタを考える必要があるのに。

生きていくために――人間としても小説家としても、この世で息をしていくために。

みたいに思いつつも、私はわりとたっぷり時間をかけて、牛老丸華菜《うしおいまるひいな》という己の名前を相手に理解してもらうという難題をこなした。

『華』を『ひい』と読むことをなかなか納得してもらえなくて、しんどかった。

どうでもいいことではあるし。

個人的には、さっさとこの会話を切りあげてぜんぶ見なかったことにして、仕事に戻りたい。あるいはもう、お風呂に入って寝ちゃいたいぐらいだ。

それなのに。

「あっ、十一歳です」

しるふくんがやや唐突に言ったが、さっき私が矢継ぎ早にした質問にひとつひとつ答えてくれているっぽい、と遅れて理解する。

十一歳か。小学校の、五年生ぐらい……？　年齢のわりにしっかりしている。

それとも、今どきの子はみんなこんな感じなのか。

穴を間に挟んでいるせいか、しるふくんの存在感はやけに希薄で遠く、画面越しにゲームの登場人物と対話しているような気分になる。

もちろんそれは錯覚で、この交流は一方通行ではなく、私がこの子を見ていろいろ考えてる間にも、相手も同様にこちらを眺めていろいろ思案しているのだろう。

当たり前だけど。

生きている人間なのだから。

「うしおいまるさんは、おいくつですか？　ご家族はいらっしゃらないんですか？　お仕事は何をされてるんです？」

答えにくいことばかり尋ねてくるので（警察官の職務質問か！）、聞かなかったことにするという大人のずるい技術を活用しつつ、解消すべき疑問に言及する。

「それよりも。ねぇ、何でこんな穴が空いてるの……？」

「…………」

しるふくんは何か後ろ暗いことでもあるのか、私の真似《まね》をして聞こえないふりをしたのか、外敵を警戒する小動物みたいにどこか遠くを見ると――。

「ご、ごめんなさい。いったん失礼します、うしおいまるさん」

舌に馴染《なじ》まぬらしい私の名前をたどたどしく口にすると、穴から離れたらしく、その綺麗な顔は見えなくなってしまった。

私がもっと穴に近づけば、向こうの室内なども見えるのだろうけど、覗《のぞ》きみたいで嫌な感じではある。他人の生活などにとくに興味もない。

数分ほど待ってみたが、しるふくんが戻ってくる気配はない。

やや唐突に会話が打ち切られてしまい、私はどうしたらいいかわからずに――。

「……うん。とりあえず、これでよし」

物置に放りこんでいた段ボールを一枚だけ手に取って、壁に立てかけて穴を隠すと、いろいろ放置し忘れることにして仕事に戻った。

不思議な少年との出会いを楽しんだり、ときめいたりするほど若くないし元気でもない。生きていくためには働かなくてはならない――私には、仕事があるのだ。

たとえ自分にとってはよくわからない、BLでも。

そう思って問題を先送りにして、私はさっさと日常に戻った……つもりだった。

○　○　○

けれど、その日の夜。

取り戻したと思いたかった平穏な日常は、あっさり音を立てて崩れた。

「あぁ――今日はもう、駄目な日だ」

ぶつぶつ唸りながら、私はパジャマ姿で寝室に踏みこんだ。

ぬるま湯で長い入浴を済ました後なので（私は片足が不自由なので、介助してもらえない場合はどうしたって時間がかかる）全身からほかほか湯気があがっているものの、心は夜の砂漠みたいに冷えていた。

書けない。

どころか、何も思い浮かばずに仕事部屋のPCの前でうだうだ頭を揺すったり、ライトノベル作家だったころの自分の著作を読み直したりしていたら日が暮れて、もう夜中だ。

ひたすら書いては消し、書いては消し、を繰り返していたので、これは使えるかなぁ——ぐらいに何とか思える原稿が、ほんの五百文字ぐらい生産できただけで終わった。

丸一日かかってこれである。この調子では一冊、仕上げるなんて夢のまた夢だろう。

でもまぁ、まだ正式に企画が通って〆切を設定されたわけでもないし、アイディア出しの段階だし、今から張りきりすぎても単なる暴走——もしかしたら企画がぽしゃって原稿を書かなくて良くなるかもしれないいし、うんうん。

みたいに自己弁護しても虚《むな》しく、私はちからなくベッドへ倒れこんだ。

駄目だ〜……。

書けない……。

全国でファンが待ってる、毎阪《まいさか》さんのことも困らせたくない、小説家の端くれとしてのプライドもある。みたいな綺麗なお題目が頭を掠《かす》めるものの、書けないし何も思い浮かばない、という無慈悲な現実の前には何の重みもない。

こういう日もある。

というか私にとっては、しょっちゅうだ。最近はずっとこういう日がつづいている、といっても過言ではない。身体のどこを探しても、創作意欲が見つからない。

何だろうな。いちど偶然でもBLで売れてしまって、満足したのだろうか。燃え尽き症候群か。それとも今度は自分の本来の作風（なんて堂々と主張できるものがあるぐらいの経歴でも実力でもないが）で認められたくて、そうではないBLの仕事を余計なものと無意識で思って、やる気がでないのだろうか。

しばし自己分析をしてみたが、それで何が変わるわけでもなし――。

お風呂で熱せられた身体がゆっくり冷えてくるにつれて、襲ってきた眠気に抗《あらが》わず、うとうとしていると……。

ぽんっ、という……ちいさな爆発音みたいなのが聞こえた。

「……？」

私はビクッとして顔を上げ、我ながら小動物のように忙しく周囲を見た。

私のかたちに凹《へこ》んだベッドシーツに手をつき、上体を起こすと女の子座りをする。

……何だろう？

雷でも落ちたか、近所で事故でもあったか、単なる幻聴か……？

そこまで考えて、我ながら呆《あき》れることに今さら、この寝室の物置に奇妙な穴が空いていることを思いだした。そして、妖精さんの名前をもつ男の子と出会ったことも。

忘れるなよという話だが。

あまりにも、あの時間は予想外で現実感がなくて、何だか寝惚《ねぼ》けて見た夢のように思っていた……。実際、残念なことに、現実のようなのだが。

「しるふくん……?」

間近にいても聞こえないだろう小声でつぶやきつつ、そろそろとベッドを這うように移動して物置の正面へ。わずかに逡巡《しゅんじゅん》してから、意を決して襖を開いた。

と同時に、頭をかるく殴られたみたいな衝撃が走って——びびった。

「ひえ」

変な声がでた。痛みはなかったが、びっくりした。

見ると、物置から段ボールが倒れてきて、私の頭に当たったらしい。たしかこれは、適当に穴を塞ぐのに使ったやつだ。

べつにテープなどで留めたわけでもないので、穴の向こうから押されるなり、ちょっと衝撃を与えるなりすれば普通に倒れる。それが、物置の襖を開けた拍子に飛びだしてきた感じか……。みたいなことを、ぼんやり考える。

我ながら、爬虫類《はちゅうるい》みたいに反応が鈍い。

「あっ、大丈夫ですか……？」

覚えのある掠れた声が聞こえたので、私は段ボールを両手で掴《つか》み、それを防壁のようにしながら恐る恐る物置のなかを見た。

夢でも幻でもなく、そこには確かに穴があり、その奥に綺麗な顔がある。

しるふくんだ。

やっぱり実在したんだ……。嫌だなぁ……。こっちはBL小説のことだけでいっぱいいっぱいなのに、追加で余計な厄介ごととか巻き起こらないでほしい。

それこそ、小説の登場人物でもないんだから。

「こんばんは、うしおいまるさん」

やや変な発音で私の名前を呼びつつ、しるふくんが無垢《むく》に微笑《ほほえ》んだ。

普通に話しかけられてしまった……。私は反応を返せず、曖昧に会釈する。

「うしおいまる、って呼びにくいので――うしおさん、って呼んでもいいですか？」

比較的どうでもいいことを語っているしるふくんを、何だか私は直視できず、とりあえず手にしている段ボールの端っこをいじいじと指でむしったりしていた。

内気な女の子か。私のほうが、目の前の相手より一回り以上は年上なのに。

「えっと」

私は何か言わねば、という謎の内圧を感じて、おっかなびっくり問うた。

「しるふくん、だっけ……ずっとそこにいたの？」

何だか最初に見たときと、姿勢も何もかも変わっていない気がしたのだ。地縛霊みたいだね……。みたいに言おうとして、今の若い子がそういう単語を知ってるかわからず、言葉をつづけられずに黙った。

「おれの家ですから、ここ。いちおう……。今日はお休みの日ですし、だいたいこの部屋にいましたよ。あっ、でも何回か便所には行ったかもです」

便所って……。綺麗な顔でそういうこと言わないでほしい。しかし一人称もいかにも『ぼく』とかが似合うのに『おれ』だし、ところどころ男の子っぽいな。

などと、お話の登場人物みたいにキャラ性を解析してる場合じゃない。

悪い癖だ。

「うしおさんも、今日はずっと家にいたんですか？　何かたまに物音がしたので、そうじゃないかな〜って思ってました」

さっそく略されている……。若い子、距離を詰めるのが早い。あと生活音とか聞かれてるのが妙に恥ずかしくて、私はちらっと室内を見回してみた。

わりと散らかっているので、見られたくなくて己の身体で室内を隠す。

駄目な大人だと思われるのは、きつい。いちおう、子供に夢を与える仕事だし……。みたいなことを考えつつ挙動不審にしていると、しるふくんは困り顔になった。

「あっ、パジャマ……。寝るところだったんですね、ごめんなさい」

妙に察しが良い子だ、ぺこりと頭を下げている。

「話しかけてすみません。おれ、引っこみますので……おやすみなさい」

「ん。あ……。うん、おやすみ」

咄嗟《とっさ》に挨拶《あいさつ》を返すと、しるふくんは言葉どおり引っこんだのか顔が見えなくなった。私は何となく、なぜかちょっと残念な気持ちになりつつ、襖に手を伸ばした。

襖を閉めて部屋の電気消して、普通に寝ようとしたのだ。

すぐ近くに謎の美少年がいると思うと眠れる気もしないけど。今日は精神的に疲れてて休みたかったたし、この足では他の部屋などに移動するのも億劫だ。

穴のことは気になるし……。管理人さんとかに頼んで塞いでもらうべきなのだろう、でもその方法がわからない。うちのマンション、管理人が常駐してはいないので、管理会社とかに連絡すればいいのかな。どうすればいいんだ、こういうとき。

自分の常識とか、経験の浅さが情けない。

溜息《ためいき》をつきつつ、とりあえず襖を閉めようとして——。

また、変な音が聞こえた。ぼんっ、と……。ちいさな爆発音みたいなのが。そういえばこの音は何なんだろう、段ボールが倒れて襖に当たった音かと思っていたけど。

「すみません」

引っこんだはずのしるふくんが、また顔をだして眉尻を下げた。

「うるさいですよね、うちのお母さん……。また暴れてる、のかな」

「お母さん……?」

「よく怒って暴れるんです、あとお父さんと喧嘩《けんか》したり」

複雑な家庭事情っぽい……。だからどうしたというか、同情も介入もできない立場だし、詳しい話を聞こうと思うほど好奇心も強くない。

何だか居たたまれなくなるだけだ。

「た、大変だね」

などと、我ながら気の利かないことをもごもご言うしかなかった。

と同時に、今度は何だかかわいい感じの、きゅうん……みたいな音がした。防音のしっかりしたマンションだし、夜中なせいか静かなので、それはよく響いた。

私はつい、まだ顔を見せたままだったしるふくんに語りかけてしまう。

「今のも、お母さん？」

「今のは……。おれです、ごめんなさい。聞こえました？　お腹《なか》が」

やや頰《ほお》を染めて、しるふくんが項垂《うなだ》れる。

それを見て、さすがに私も察する。あぁお腹の虫か。

「お腹、空《す》いてるの？」

育ち盛りだもんね、みたいに思って言うと、しるふくんはわりと深刻な顔で「朝から何も食べてなくて……」と切なそうにつぶやいた。

あぁ、複雑な家庭――。

ごはんとか、お父さんお母さんが用意してくれないのかな。

それは何だか、さすがにすこし可哀想《かわいそう》な気がして……。

「ちょっと待ってて」

よせばいいのに、私はしるふくんにそう言うと、ゆっくりベッドから降りると寝室の出入り口へ向かう。何かあるだろう、手軽に食べられるものが……。

夢も希望もない、朽ち果て気味な作家である私の自宅にも。

○　○　○

そのあと。

冷蔵庫を漁《あさ》ってみたものの自分でも驚くほど食べ物がなかったが（一人暮らしであんまり料理もしないので、買い置きがない）、前にあちこち旅行するのが趣味の毎阪《まいさか》さんにもらったお土産物を見つけたので、それを抱えて寝室に戻る。

何かお饅頭《まんじゅう》と、ビスケット菓子だ。

単調な甘みが強すぎて苦手というか飽きて、ひとつふたつ食べたあと放置していたものだが、賞味期限はまだぜんぜん大丈夫……。他に食べ物らしい食べ物もなかったし。

ほんと私の人間らしさみたいなのって、毎阪《まいさか》さんに支えられてるなぁ……と思いつつ、よたよた歩いてベッドに座る。そして、片膝を突いて物置に這い寄った。

「あの～……。しるふくん、良かったらどうぞ」

お節介じゃないかな、出すぎた真似ではないか、とびくびくしながらお土産のお菓子を差しだすと——しるふくんは何だか意外そうに瞬きをしていた。

察しの良い子のようだが、ちゃんと言うべきことは言わないと駄目かなと思い直し、もっと具体的に告げる。

「食べて。お腹すいてる……んだよね？」

「えっ、でも」

しるふくんは私のコミュ力の低さが感染したのか、もじもじしていた。うん、知らないひとから食べ物もらうのって抵抗感あるよね。わかるけど、今さら差しだしたお菓子を引っこめるのも変な具合だ。

私は相手の反応が鈍いので焦り、お饅頭をひとつ手に取って包み紙を剥《む》いた。

そして、自分で食べてみせる。

「ほ、ほら。大丈夫、毒じゃない」

「毒？」

何が面白かったのか、しるふくんは声をあげて笑った。私は面白いことを言っただろうか……。わからない……。難しい、人間と喋るのって。

子供の相手をするのって。

考えてみれば学校を卒業した後、結婚して子供でもつくらなければ、ご近所や親戚との付きあいもない私のような人間だと——こんな年頃の子と接する機会はない。

ずいぶん昔に思えるデビュー当時には、サイン会とかもしてファンの子とも短い遣《や》り取《と》りはしたけど。あのころの私は自信満々で、堂々と作家としての肩書きを盾にできたし、集まってくれていたのはみんな私か、私の著作を好きなひとだった。

でも今の、この状況……。

私は素の私として、あまり何の取り柄もない三十路《みそじ》手前の女として、発言や態度を組み立てなくてはならない。それは随分と、難易度の高いことに思えた。

みんな、ごく当たり前に、それをやってるんだろうに。

「ありがとうございます。嬉しいです、いただきます」

しるふくんが両手をお椀《わん》のかたちにして差しだしてくるので、私はそのびっくりするほどちいさな手のひらに、お饅頭やビスケット菓子を載せた。

私と彼の手が、ちょうど穴の真ん中あたりで一瞬だけ重なって、すぐに離れた。

本やPCのディスプレイ越しでは有り得ない、現実的な交流。

それが何だか非常におかしなことな気がして、私は落ち着かない気分だった。

穴はそんなにおおきくないので一度にぜんぶのお菓子を向こうに渡せず、しるふくんも手にしたものを夢中で貪《むさぼ》っているようで、いくつかお饅頭などが余ってしまった。

ぜんぶ渡し終えないと何だか据わりが悪く、私はその場で動かずぼうっとしていた。

生き物が何かを食べる音。

それも何だか、私としては違和感があって、不思議だなぁって思ってた。

何なんだろう、この状況。

「うしおさん」

呼びかけられて、はっとして私は顔を上げる。

見るともう渡したぶんは食べ終えたのか、物欲しそうな顔をしたしるふくんが穴の向こうからこちらを見ていた。あぁ待って、追加で残りのお菓子をあげるね。

何だろう、この異世界ファンタジーにおける、人間とは異なる種族とのコミュニケーションみたいな感じ……。そういうお話は大好きだけど、現実にすると奇妙だ。

などと、どうでもいい感慨に耽《ふけ》っていた私は、油断していて……。

しるふくんから注意を逸《そ》らしていたし、もちろん彼がそんなことをするなんて予想もしていなくって——。

「お菓子、ありがとうございます。甘くて美味《おい》しかったです、だから」

穴の向こうから、彼の白くて細い腕が陽光のように入りこんできて。

その手のひらが、ぼけっとしていた私の後頭部に回されて。

「お礼です」

彼の女の子みたいに艶《つや》やかなくちびるが、私の頬に触れた。

何をされたか理解するのに、残念なことに、私は数分を要した。

○　○　○

一週間が過ぎた。

打合せの予定を入れていた日なので、私は朝早くから自宅のそこそこ近くにある喫茶店に向かった。いつも、毎阪《まいさか》さんとの打合せはここでする。

あんまり流行《はや》ってないのか（そもそも人口がすくない町ではあるけど）いつも客がすくなく、長時間、居座っても文句も言われず珈琲《コーヒー》もそこそこ美味しい。

なので、けっこう気に入っている喫茶店だ。

私はすっかり常連なので何の注文もしなくてもいつもの珈琲が運ばれてきて、それが冷めるのを待ちながら（猫舌なのだ）、ノートＰＣの画面を眺める。

ぎりぎりだったがプロットらしきものをこしらえたので、今日はそれを毎阪《まいさか》さんに確認してもらうつもりだ。先にメールに添付して送れていたら良かったのだけど、間に合わなかった……。

途中経過は報告してたし、未完成のプロットを先に送っておいたので、たぶん大丈夫のはず。毎阪《まいさか》さんは、それこそ私が何ひとつ作業をしていなかったとしても、自分が考えたネタやら集めた資料やらについて延々と語ってくれる有り難いひとではあるし。

でも一応、そんな毎阪《まいさか》さんに見放されたら生きていけないので、がんばって働いてはいるんですよ～というアピールをするため、打合せ直前にプロットは仕上げた。

ほんとに間一髪という感じで、ざらっとプロットを眺めて誤字などのチェックをしているうちに、いつも何だか楽しそうな毎阪《まいさか》さんが跳ねるような動きで入店してくる。

「牛老丸《うしおいまる》先生～！　元気ですか～！」

あっという間に私のいる座席に近づいてくると、正面に座った。今日もちいさくて女学生みたいな毎阪《まいさか》さんは、重たそうに抱えていたボストンバッグを空いた椅子に載せる。

「お疲れさまです……。毎阪《まいさか》さん、それは何です？」

気になったので「『先生』って呼ばないでください」みたいな恒例の遣り取りも省いて問うと、毎阪《まいさか》さんは自分の肩を揉《も》みながら快活に答えてくれる。

「いやぁ、今日はおっきなイベントがあったんで寄ってきたんです。今回はちょっぴり不作でね～、今いちばんホットな人気作が私の好みじゃないから仕方ないんですけど。お気に入りの作家さんの前も長蛇の列でね、遠慮して近づけなかったので喋れなかったし」

一息にそこまで語ってから、毎阪《まいさか》さんは大声で喫茶店のカウンターに向かって「私も珈琲ください！　冷たいやつで！」などと叫んでいた。

「いやぁ、走ったせいで汗かいちゃって――もうじき冬だっていうのに」

手のひらで己を扇《あお》ぎながら、毎阪《まいさか》さんは美味しそうにお冷やを啜《すす》っていた。それ、私のお冷やだけど……まぁいいか毎阪《まいさか》さんだし。

思いつつ、毎阪《まいさか》さんを見るだけで和んで幸せになり、私はほっこりした。

「人生を楽しんでますよね、毎阪《まいさか》さん」

「そりゃあね、好きなことが仕事ですから。人生はキラキラ輝いてますよ～、暗い顔をする理由ないっす。逆に牛老丸《うしおいまる》先生は、何でいつもそんなゾンビみたいな感じなんです？」

けらけら笑って、毎阪《まいさか》さんはボストンバッグを開いてなかから薄い本を取りだす。あまり公共の場でそういうものを見せびらかすのはマナーが良くないとされているため、周囲をきょろきょろ見回したりしてるので、怪しい何かを密売してるみたいだ。

「先生、このへんは先生のために買ってきたんです。参考か刺激になればいいなと思って。先生と作風が近い、いま勢いのある作家さんたちの新作です」

「あっ……。何かいつも、すみません」

毎阪《まいさか》さんはよくこうやって資料とかをくれるので、自宅の近所ではあるけれど、何を渡されてもいいように私も鞄を持参していた。学生のころから使っている、古ぼけたショルダーバッグだ。布地に縫いこまれた苗字は、今の私のそれとは異なっている。

「いつも言ってますけど。代金、支払いますよ。もらっちゃうの悪い感じがします」

「気にしない気にしない。資料という名目で経費で買ってますから、自分のぶんもちょこっとだけ……♪」

「あっ、悪い大人だ」

「良い子は悪い大人になるんですよ、牛老丸《うしおいまる》先生」

意味があるようなないようなことを語っていると、毎阪《まいさか》さんが注文したアイス珈琲が届いた。それを運んできた店員さんに見えないように薄い本を手のひらや鞄で隠しつつ、やり過ごす。現代でも、こういう趣味は、なかなか人目を忍ぶものだ。

店員さんが去ってから、あらためて薄い本の表紙を眺める。今ではすっかり一般的になった、いわゆる同人誌というやつだ。即売会というイベントで頒布されたり、ネット通販などで入手するもので、一般書店では見かけない。

内容は個人製作ゆえに自由で混沌《こんとん》としている、と思いきや、わりとみんな自腹で本を印刷しているため採算を取りたいのか、何かが流行するとそれを題材にした同じような二次創作が溢《あふ》れかえる……。みたいな印象。興味がないので、よくは知らない。

ぜんぜん二次創作とか、ファン活動みたいなのに触れないままデビューしてしまったから……。今から思えばもうちょっと、そっちにも食指を伸ばしておけば良かった。

商業ではなく同人ならば、利益などを考えなければ、よっぽど簡単に私は私の夢を——小説というちいさな世界の神さまになるという望みを、障害なく叶えられただろうに。

商業出版こそを王道だと思い、光り輝くように見えた本物の作家になろうとして、ずいぶん不自由な囚人になっていた。

好きなことを仕事にすることを、毎阪《まいさか》さんは肯定的に言っていたけど。

こっちが好きだからって、相手に好かれるとは限らない。相思相愛なんて珍しい。私は愛されたくて、必死に愛して、望んだ愛が得られなくて……。

思ってたのとずいぶん異なる愛を、なぜか今、うんざりするほど与えられている。

「いつも思いますけど」

薄い本をちょっとだけ開き、ぺらぺら眺めて、私は居たたまれずにすぐ閉じる。

「最近ほんと絵ぇ上手なひとがおおいぶん、体液とか、肉の付きかたとかけっこう生々しくて……。痛そうですよね、そのう、こういう描写」

「セックスですか？」

大声で……。

やめてください、すこしだけど他にお客さんもいるので……。

「ん～、たぶん愛があれば大丈夫なんじゃないですか？」

「でも絶対、痛い……。苦しそうにしか見えないんですよ、私」

「それは先生が、気持ちの良いセッ――」

今度は言葉にする前に、物理的に口を塞いでみた。

毎阪《まいさか》さんは何だかいじめっこみたいな顔になり、もごもごと不明瞭に語る。

「――したことがないからじゃないですかね。ちゃんと、快感が生じるほどには」

毎阪《まいさか》さんはしたことがあるんだろうか……。などと考えて、赤面する。尊敬する作家さん（本人は引退したと言い張ってるけど）相手に、不埒《ふらち》な想像をしては駄目だ。

勝手にまごついてる私に「？」と小首を傾《かし》げつつ、毎阪《まいさか》さんは大真面目に話している。

「生理学的に、男どうしでもちゃんと快感が生じると実証されてるはず。知らないけど、私はそう思いますよ？　そりゃ苦痛と快感は紙一重ですけど～、SMとかも立派な文化だし……。たとえ痛いとしても、だからって価値がないわけではないでしょう？」

○　○　○

「う〜……。でもなぁ、わっかんないです。痛そうだなぁ」

薄い本を鞄に仕舞い嘆息する私に、毎阪《まいさか》さんは苦笑いする。

「痛いとしても。それを至上の愛として描きだし、納得させるのが作家の技倆《ぎりょう》でしょう。シェイクスピアの時代からね、『綺麗は汚い、汚いは綺麗』……。先生のはライト層向けですし、最悪、直接的な描写を避けても成立しますし」

まぁ実際、この世にあるすべての恋愛ものにベッドシーンが必ず入るわけでもない。むしろ大抵、添え物だ。いわゆるエロ本の場合は、それでは駄目なんだろうけど。

そもそも、恋愛にあんまり興味ないんだよなぁ……。

昔から、クラスメイトなどが貸してくれた少女漫画もあまり面白味《おもしろみ》がわからなかったし……。普通に、読んでてひたすら楽しいライトノベルが好きだった。

けれど。BLにはなぜか、殊更《ことさら》に性愛のにおいが付きまとう。

それが何だかなぁ……。あんまり馴染めないというか、釈然としない。

「先生はBLっていうより、性愛の話が駄目なんですかね」

作家の常として、毎阪《まいさか》さんも他人をすぐ分析するので、そういうことを言う。

「でも先生が評価されてるの、そのへんですから。避けるのはデメリットしかない気がするなぁ……。あれですよ、怖がりなほうがホラーを上手に書けるんですよ。あと個人的にすごく思うんですけど、童貞のほうが良質なエロ漫画を描《か》けますよね」

う〜ん。下ネタ言うたびに罰金、とかにすれば黙ってくれるのかなぁ。

ほんとに苦手だ、そういう話題。

「ともあれ。言うのが遅くなりましたが、プロットありがとうございます……先生」

私がうんざりしてきたことに気づいたか、毎阪《まいさか》さんは話題を変える。というか――打合せなのだし、ようやく本題に入ってくれたというべきか。

私はすこし安堵《あんど》した、けれど。

「まずは先生に謝らなくてはならないことがあります」

ひい……。嫌だなぁ、聞く前から不穏な空気を感じる。

私は悲観して、意気消沈しながら尋ねてみた。

「あの。プロット、駄目でしたか」

「いやプロットは良く出来てたんですよ。さすが先生、本人ぜんぜんＢＬに興味ないのになぜか見事にツボを押さえてます」

何でなんだろう、本当に……。まぁ、褒められて悪い気はしないのだけど。

照れたり怯《おび》えたり忙しくしてるうちに、毎阪《まいさか》さんは申し訳なさそうな顔をする。

「こっちの不手際なんですけど。最近すっごい流行ってるんですよね、時代もの……。もう掘り返されてない時代がないぐらいで、これはエロい暗喩《あんゆ》とかではなくてですね」

ひとことと余計だけど。そっか〜、時代ものは駄目か。そういえば近ごろよく目にするような？　今回、提出したプロットは忍者ものなので時代ものの範疇《はんちゅう》ではある。

でも。実際、本気でそれを好きなひとのものに比べれば私には熱量や、知識が足りない。同系統の作品が氾濫してるなら、どうしたって見栄えが悪くなる。

もっとこう、私は隙間をついて、誰もいない領域でせっせと畑を耕すようなタイプの作家なのだ……。自分で言っていて、たいへん情けない感じだけど。

「というか先生、無駄にビッグになってますんで。本気でそういうの好きなひとたちを食っちゃう可能性があるんです、それは何だか嫌な感じでしょう？」

毎阪《まいさか》さんはもともと作家なので、そのへんの機微には敏感である。

「だから編集部のほうから、変えられるなら他のジャンルに変えてほしいと要望がありました。まぁ突っぱねてもいいんですけど、どうします？」

ふむ。同じ編集部から刊行される作品で、つまり身内で客を奪いあうのも得策ではない……という営業判断だろうか。

一昔前、それこそ私がデビューした当時は似たものが並ぶとどっちも売れることがおおかったのだけど。今のお客さまは、並んだもののなかでいちばん良いものしか手に取らないことが増えた感じだ。

出版不況だし少子化だし、あらゆるものが溢れかえっている現代だし、みんな選《よ》り好《この》みするのは仕方ない。すくない牌《パイ》を、できるだけ奪いあわずに分配すべきなのだ。

さもなければ、誰も生き残れない。

冬の時代だ……。私もかつて他の偉大な作品に食われて打ち切りになったことがあるので、自分が同じことをするかも、みたいな可能性があるだけで尻込みしてしまう。

どうしても、忍者が書きたいわけでもないし……。

「じゃあ、わかりました。何か、別の話を考えます」

「あっ、ちょっと変える程度で大丈夫ではありますよ。うちの編集部も先生以外はほぼ全滅で苦しんでるから、無茶を言ってますけど」

あっさり了承した私に、むしろ考え直してもらいたがってるみたいに毎阪《まいさか》さんが言葉を並べる。

「例えば舞台を現代にするとか、忍者っぽいものがいる異世界ファンタジーにするとかで充分なんです。プロット面白かったんで活《い》かしたいんですけどね〜、個人的には」

「いや――こういうのは微調整するより、まるっと考え直したほうが結果的に早かったりしますから。ちがうの考えますよ、時代もの以外のやつを」

自分よりよっぽど経歴の長い毎阪《まいさか》さん相手に、偉そうな感じだけど。私は頭がかたいのか、やっぱり才能がないのかなぁ……。細かく調整したりするのが苦手なので、あれこれアレンジするより一から考え直したほうが簡単で、楽なのだ。

「すみません。こっちからその気にさせて尻叩《たた》いて書かせて、『やっぱり他のにして』とか……。筋が通りませんけど、何とかお願いします」

べつに毎阪《まいさか》さんは何も悪くないんだろうに、真摯《しんし》に謝ってくれる。

良いひとだ。何だかあったかい気持ちになりつつ、私はさりげなく尋ねてみる。

「あの。それで、ちがう話を考えるとなると作業時間も必要ですし……。当然、聞いていたものより〆切は延びますよね？」

「ふふ。先生、わかっててそういうことを言うんですから……。とっくに出版計画は立てちゃってるし刊行予定も載せてるので、〆切は一秒たりとも延びません」

あ、はい。そうですよね……。商業出版はそのへん、まるで融通がきかない。

私はなぜか売れているので、私の本は目玉商品になる。それが入荷しないとか、遅れるというだけで、わりと会社にとっては大ダメージなのだろうし。

「もちろん。無茶を言ってるのはこちらなので、多少は事情に鑑《かんが》みてスケジュールなど切り直しますけど。本来なら、とっくに初稿が完成しててほしいぐらいの状況ですよ」

「はい……。何とか、がんばります」

毎阪《まいさか》さんの言葉に、息も絶え絶えにそう答えて、私は項垂れる。

いつまで経《た》っても楽にならず、しんどいばかりのお仕事だ。

小説家になることは、命よりも大事な夢だったはずなのに。

○　○　○

毎阪《まいさか》さんとの打合せを終えて。

私は近所のスーパーマーケットで食材などを適当に買ってから、帰宅。すっかり気力と体力を使いきっていたので、横着して袋に入れたままのもろもろを冷蔵庫に詰める。

そして薄い本が入った鞄を仕事部屋の椅子に置き、すこし立ち尽くして……。覚悟を決めてから、ゆっくりゆっくり廊下を歩み、寝室を覗いた。

「あっ、お帰りなさい……うしおさん」

普通に開けっ放しの物置の奥、穴の向こうでしるふくんが笑みを浮かべていた。

何となく気まずくて顔を合わせづらいのだけど、どれだけ慎重に行動しても扉を開く音などは確実にあちらにも伝わる。ので、帰宅したのを気づかれないことはない。

完全に段ボールなどで穴を塞ぎ、無視することも可能ではあるのだけど。どうもご両親とうまくいっていないらしいこの子が無邪気に懐いてくるのを、きつく拒絶するのは想像するだけで胸がしくしく痛むほどなので、何となくそのまま……。

彼との出会いから一週間、普通に不思議な交流はつづいていた。

「た、ただいま」

挨拶を返すと、それだけでしるふくんは嬉しそうに満面の笑み。

輝かしいその美貌が直視できず、私は曖昧に俯《うつむ》いてしまう。

本当に何なんだろう、この状況。

ちなみに一週間前、物置の穴に気づいた翌日にはもう、私としてはかなりがんばってマンションの管理会社に連絡をした。物置に穴が空いてるので、塞いでほしいと。

管理人はだいぶ高齢のおじいさんで、話が通じているのか怪しいぐらいだったが、たぶんすぐに業者に頼んで工事してくれる……と請け負ってくれたはずだ。

なのに。待てど暮らせど工事は始まらず、穴はぽっかり空いたまま。

それどころか。自然に崩れたのか、しるふくんが触ったりしたのか、穴を通したちょっとした交流の際に身体がぶつかったりしたのか——穴は日に日に広がっている気がする。

最初は手のひら三つぶんだった穴は、今は普通にしるふくんの上半身がぜんぶ見えるぐらいのサイズになっている。同年代の同性よりもけっこうデカい私でも肩や尻がつっかえないぐらいだと思うので、小柄なしるふくんなら、たぶん普通に通れる。

互いの部屋を行き来できてしまう。

相手は子供とはいえ男の子だ……。防犯上、倫理上、多大な問題がある。

いちおう入ってこないでねと頼んではいるし、しるふくんは向こう見ずで礼儀知らずで当然な年頃の男の子なのに、私よりむしろよくできた人格の持ち主なので、そのようなことはしなさそうだけど……。

いつでも隣家から誰かが入ってくる可能性がある、というだけで落ち着かない。

知らないひとに電話をするだけで数日は動けないぐらい消耗する私だけど、やはりすぐにでも工事を始めてもらえるよう、管理会社にまた連絡をして催促しよう。

そんなことを考えつつ、私は物置に歩み寄って……。

「ちょっとごめん」

ベッドに片膝をつき、手を伸ばして襖を閉める。

着替えたいのだ。

近所の打合せで顔なじみの毎阪《まいさか》さんと打合せをしただけなので、ほぼ普段着なのだが、それでも部屋着に比べれば落ち着かない。生活用品や食材が足りなくて買い物とかもしたし、今日は珍しくそこそこ身綺麗《みぎれい》にしていた。

のそのそと上着を脱ぎ、今日の部屋着を選ぼうと箪笥《たんす》に足を向けて……。

「うしおさん、ちょっと聞いてほしいことがあって――」

当たり前のように、穴の向こうから手を伸ばしたらしいしるふくんが襖を開きやがった。

普通に、ばっちり着替え途中のところを見られる。

うわ、ラブコメ漫画みたいだ。

フィクションの美少女のように悲鳴をあげたり何か投げつけたり、かわいい反応もできず、私は硬直する。ぱくぱく口を開閉して、逆に申し訳なくなる。

「あの。着替えてるから、ちょっと待って」

「わっ、えっ……すみません！」

何か間が悪くてごめんね～と思いながら言うと、しるふくんはちゃんとラブコメ漫画のように赤面して、慌てて襖を閉めてくれた。本当にごめん、あなたはちゃんとしてるのに、相手がこんなくたびれきった三十路手前のＢＬ作家で……。

何だか道を歩いていたら罪もなき花を踏んづけてしまった気分で、ちょっと急いで着替えると、脱いだ服は放っておいたまま再び物置に歩み寄る。

「あの。ごめん、着替えたから……開けていい？」

「あ、はい！　どうぞ！　本当にごめんなさい！」

互いに謝りあう私たちである。不幸な事故だった。

穴の向こうで土下座でもしてるんじゃないかと疑う慌てっぷりだったが、しるふくんは顔に赤らみを残したまま、目を逸らし気味なもののそのままの姿勢でいた。

ちなみに物置はだいたい真ん中ぐらいの高さで区切られており、しるふくんはその上部にいつも座っている。狭くて息苦しいだろうに、なぜかずっと……。

隣家の様子はほぼ見えないので、向こうの物置の襖は常に閉まっているのだろう。生活音が聞こえることもあまりなく（たまに何かが暴れるような騒音はする）、ほぼ彼の私生活については謎である。

名前と見た目以外は、いまいち判然としない——不思議で綺麗な隣人。

しるふくんとの交流は、それなりに不本意なことに、途切れもせずにつづいている……。まぁ工事が済んで、穴が塞がったらそれでお終《しま》いだろうけど。

なぜか不自然なぐらい、表では彼の姿を見かけたことすらないし。

「えっと。それで、何かな……。聞いてほしいことがあるとか言ってたけど」

出会った日からそれなりに会話を重ねたので、ある程度の日常会話はできるようになった私である。しるふくんは最初から必要以上に気さくなので、主に私の問題だった。

またキスとかされたら困るので、微妙に距離をとったまま、ベッドに座って彼と向きあう。薄い壁はあるけれど、穴は広がっているので、ほぼ何の仕切りもなく向きあってるようなものだ。

変な具合だなぁ……。ぜんぜん慣れない。

けれど、べつに嫌でもなかったのだ。何かベランダに小鳥が巣をつくっていて、それを眺めるぐらいの軽い気持ちで、私はこの謎めいた子供との交流をつづけてしまっていた。

得体の知れない不安や問題、漂う背徳的な気配から、目を背けたまま。

あぁ、事なかれ主義で人生を渡ってきた私は、今もたぶん流されている。

もっと気高く賢い、普通の人々ならば、ちがう対応をしていただろうに。いつかの未来に、きっと後悔するのではないかという漠然とした感覚があった。

それでも。

ずっと毎阪《まいさか》さん以外とは、ろくに交流もできず、親しい友人もいなくて……。

ちょっと哀しい経験をしていたから、恋も、二度としたくなかった私は——。

無害でかわいい子供との会話や触れあいによって、寂しい己の魂を慰めていた。

罪深く、穢《けが》らわしいことであると、私にもわかっていたけど。

○
○
○

「えっとですね……。うしおさん、小説家さんなんですよね？」

未《いま》だにあまり耳慣れない略しかたで私を呼んで、しるふくんがそう言った。

彼にはけっこう早い段階で、私が作家であると説明をしている。せざるを得なかった。

毎日、どこに出かけるでもなく部屋に閉じこもっている私は彼にとってかなり不思議な生態の持ち主だったようで、あれこれ質問攻めにされたのだ。

——何の仕事をしてるんですか？

——ご家族はいないんですか？

——足、不自由なんですか……？

答えられる範囲で答えた。嘘《うそ》をついて誤魔化《ごまか》すほどの話術も理由もなかったので、それなりに正直に。世間話の延長で……。

私はどんどん己が暴かれていくことに、気恥ずかしさとじりじりした恐怖を覚えつつも、今日も妖精の名前をもつ男の子と他愛《たわい》のない会話を重ねる。

「一応ね……。TVとかに出てる、有名な作家さんと同じだと思われたら困るけど。ひとくちに小説家といっても、ピンからキリまでいるし」

「ぴんからきり？　って何ですか？」

しるふくんは知的好奇心が強いのか、子供ということなのか、しょっちゅう質問してくる。ぜんぶの疑問を解消しようとすると時間がいくらあっても足りないので、曖昧に流しつつ、私はなるべく丁寧にお返事をする。

たぶん親に愛されていない、可哀想なこの子に同情して、餌をあげて悦に入っているのだろうか……。考えると気が滅入るけれど、無視して拒絶するよりは良いはずだと、己のなかにある良識や疑問からの声に耳を塞いでいた。

「でも。学校の図書室で探してみたんですけど、うしおさんのご本はなかったです」

「探さないで……。読まれると恥ずかしい」

「？　読まれるために書いてるん、ですよね？」

かわいく小首を傾げる、しるふくん。子供はたまに真理を口にするなぁ……。ともあれ彼には私がライトノベル作家だったころのペンネームしか教えてないので、まぁ図書室には置いてないだろう。

ライトノベルは毎月何十冊も発売される。入れ替わりの早いジャンルだし、さほど売れてないうえにけっこう前に刊行された私の本はもう普通の書店にも置いてない。

ただでさえライトノベルは有識者たちに馬鹿にされがちで、学校の図書室が自分から購入して書架に並べることもないだろうし。子供たちが好きな作家の本を揃えてほしいと頼むことはあるんだろうけど、そういう子たちすら私の名前を認識していないだろう。

ライトノベル作家としての私はもう、死んでいるのだ。

かといって、こんな多感な青少年にＢＬ作家としての私の本を読ませるわけにもいかない……。現代は多少、寛容になってきたけれど、同性愛への風当たりは強い。異常だ変態だって、罵《ののし》られるのが当然、みたいな空気のなかで私は育った。

今はそんなことないのだろうけど。

私は、怖い。

私は大人ぶって格好つけて、目の前の、この綺麗な子にどうか軽蔑されませんようにと……。変な目で見られませんようにと、浅ましくも望んでいた。

そういう私の思考そのものが、差別問題などの観点から考えると、いちばん問題なのだろうけど。染みついた常識は、ほくろのように私の全身に点在して消えない。

鬱々と考えこんでいる私とは対照的に、しるふくんは屈託なく明るく話している。

「あの。学校で朝読書っていうのが始まって、おれ、うしおさんの本が読みたいなぁって思ったんです」

朝読書……。私が学生だったころにもあったなぁ、まだ生き残ってたのかあの風習。朝、本を読むと一日、頭が冴《さ》え渡《わた》るらしいという意見から始まったっぽいあれだ。

授業が始まる前、短い時間でみんなが自宅から持ってきたり、図書室で借りたりする本を黙々と読む……。あの時間に本当に実際的な効果があったのかは、知らない。

すくなくとも私は、そのために買ったライトノベルを読んで魅了されて、この道に進んだので……。意義がある、というか重要な時間だったと思いたいけど。

「う〜ん……。あんまり知ってる子に読まれたくないなぁ、私の本なんか」

などと我ながらどうかと思うようなことを言いつつも、内心ちょっと嬉しかったりした。

いつだって、あなたの本を読みたい、と誰かに言ってもらえることは作家の喜びだ。

けれど。

「面白い本、私のじゃなくてもいくらでもあるし、何か適当に貸そうか？」

私の本はあんまり売れず評価もされなかったので、ちょっと読まれるのが怖かった。ので、そんな提案をしてみた。

つまんなかったとか意味わかんなかったとかこの子に言われたら、凹む。

しばらく文字が書けなくなるぐらいに。

魂を削って書いた文章だ。面と向かって批判されるのは、人間性のぜんぶを否定されたみたいで、つらい……。完全に黙殺されるよりはいいと、理解してはいるけれど。

「でも。うしおさんのが、いいんです。読みたいんです、駄目ですか？」

しるふくんは察しが良いので、何となく私のなかの屈託を見透かしたのか、遠慮がちにそう言った。私を困らせたいわけではないのだろう、きっと。

単純に、知ってるひとがどんな文章を書くのか、気になっただけなのだ。

かわいい望みだ。それを突っぱねるのは、何だか馬鹿馬鹿しいことのような気がした。

「ん……。いいよ、じゃあ貸すよ。見本、余ってるし」

私はそう言った。昔から友達がいないので、本が発売されるごとに著者に送られてくる見本がけっこうそのまんま残っている。

自分でたまに読み直すので何冊かは仕事部屋にあるが、残りもたしか本棚の奥に……。

「ありがとうございます」

しるふくんは本当に嬉しそうに笑うと、じっと私を見つめてくる。

「うしおさんは、おれが知ってるなかで――いちばん優しいです」

だから大好きです、と自然に言ってくれた。

その性愛のにおいのない、素朴な好意に触れて――。

私は以前、同じことを言ってくれた男《ひと》のことを思いだしていた。

CHAPTER—2

# ADULT CHILDREN

昔の夢を見ていた。

私の、なかなか幸薄い人生における唯一の、恋の記憶。

私の恋人になってくれたひとは、この地域では悪名高いとある暴力で生計を立てるたぐいの会社の従業員だった。あくまで、書類などに記される立場としては。

実際のところ、あのひとは雇われているというより、囲われていた――飼われていた。家畜のように。

この国ではもちろん半ば非合法な、危ない仕事をしていたのだ。

正式な届け出もなく認可もなく、望まれたとおりに、命じられたとおりに不特定多数に身体を売っていた――娼婦《しょうふ》だった。

男のひとなので娼『婦』ではなかろうと思うのだけど、そう呼ばれていた。

彼はどうもそういうキャラクターを求められていたようで、見た目は美少女じみていたし……。初めて会ったときも、私は最初は彼が男のひとだと気づかなかった。

身体の線がよく見える、ネグリジェ姿だったのに。

銀色の、現実ではほとんど有り得ないような、それこそライトノベルじみた長く艶《つや》やかな髪のウィッグをつけていたとはいえ。

物語のヒロインに選ばれがちな、薄幸の美少女に見えたのだ。

彼自身も望まれるがまま、そのように自分をかたちづくっていた。化粧をし、ごつごつした輪郭にならないように筋肉は主に身体の内側でだけ鍛え、訓練をして喉仏《のどぼとけ》を引っこめて女のひとの声をだして……。脱毛処理し、発言や仕草にも気を遣って。

ちゃんと確かめたことはないけど、口のなかや下半身まで改造されていた……とか。

本当に、読者に不都合な、あるいは不快感を催されるものは神経質に除去される、物語のヒロインみたいだった。そんなものは、現実的ではないのだけど。

不自然なのだけど。

そういう存在を求めるものは確実にいて、あのひとはそれに万全に応えていた。

そんな彼が偉大だとは言わない、尊敬できるとも。

痛ましいだけだ。

けれど。

あのころ――誰からも求められない物語を日々、書き連ねるだけだった私には、到底、引っ繰り返っても創りだせないヒロインとして生きている彼が……。

眩《まぶ》しくて、羨《うらや》ましくて。

厭《いと》わしくて、おぞましくて。

目が逸《そ》らせなくて――。

恋をしてしまった。

○　○　○

寝起きの気怠《けだる》い微睡《まどろ》みのなか、ぼんやり恋人だったひとのことを思い出していた。

今でもなお、彼を想《おも》うと頭がどうにかなりそうだ。

もう失った恋だけど、だからこそ、決して癒えぬ疵痕《きずあと》のように痛む。

などと、らしくなく感傷的になっていて——寝起きで頭が回らなかったのもあって、私は己のすぐそばで展開している異常事態に気づくのが遅れた。

「……ん、んん？」

私は呻《うめ》いて、何度も瞬《まばた》きをした。

自宅の、仕事部屋である。たまに寝床にもしているソファに、私はうつ伏せになっていた。うっすらと覚えているけど、例によって例のごとく執筆に行き詰まり、何かネタを拾えないものかと毎阪《まいさか》さんからもらった資料（という名の同人誌）を読んでいたのだ。

そのまま、うっかり眠ってしまったらしい。

ご本を読みながらねんねしちゃうとか、幼児か。もう三十路《みそじ》手前なのに。

何だか情けない――いっそ死にたいような気分になりかけたが、それどころではない。すぐそばに気配がある。

生き物の熱と、ちいさな物音。

怖気《おぞけ》をおぼえて瞬間的にしっかり覚醒し、私は身を起こす。と同時に、私の身体を覆っていたほのかに重たいものがずれて、床に蟠《わだかま》るようにして落ちた。ビクッとしてそちらを見ると、柔らかな掛け布団である。

あれ？　と私は怪訝《けげん》な気持ちになる。この掛け布団には見覚えがある、寝室で眠るときに用いているものだ。それが、何で仕事部屋に？　寝る前に持ってきたんだったか、記憶にないのだけど……？

「あっ、おはようございます」

ひたすら混乱していると、不意に愛らしい声が響いた。

「じゃなくて……。えっと、お邪魔してます、うしおさん」

私のことをそんなふうに呼ぶ人物は、この世にひとりだけ。けれど――おかしい、あの子がこの部屋にいるわけがない、いてはならない。

激しく動揺しつつも、私は目を擦って声の主をあらためて確認する。

「しるふくん。何で……えっ、どうして？　あれ？」

赤ん坊みたいに疑問符を並べる私の間近、スリープモードのPCが目立つ仕事机の正面に――妖精の名を持つ不思議な男の子、しるふくんが座っていた。

○　○　○

しるふくんと出会ってから、ゆるゆると二週間ほどが経過してしまっている。

状況は、おおきく変化してはいない。私の自宅、寝室の物置にぽっかり空いた例の『穴』は徐々に広がっており――同年代の女性たちに比べて無駄にデカい私でも、その気になればすんなり潜《くぐ》って隣の部屋へ入れてしまう。

これは防犯上、そしてたぶん倫理上たいへん宜《よろ》しくない。

本来、私たちは壁によって互いのプライベート空間を仕切り、確保している。四六時中、他人の存在を意識しながら暮らすのは気疲れしてしまうし（とくに、内向的な私には）、誰にも見られたくない、あるいは見せるべきではない部分というのは存在する。

なのに『穴』が、本来は接するはずがない閉じられた領域を、各々の人生という名の小宇宙を繋《つな》げてしまう。などと表現すると大袈裟《おおげさ》だけど、私にとってはそのぐらいの脅威――世界の危機、うっかり異次元への扉が開いたみたいな由々《ゆゆ》しき事態なのだ。

異世界に召喚され、勇者として大冒険に赴く。

そういうライトノベル的な物語を私は愛しているけれど、それは空想だからこそ楽しめるのであって――現実にそんな経験をしたいわけではなかった。

本当に。嫌すぎる。

私は勇者ではなく、その活躍を描く作家になりたいのだ。

なので。私は全力で、この良からぬ展開を無かったことにするため努力している。

私なりに。

相変わらず待てど暮らせど、どれだけ連絡しても『穴』を塞ぐための工事は始まらないが――めげずに管理人さんへの連絡をつづけている。

管理人さんは足腰の弱いご老人なのでうちの部屋までご足労願うのも気が咎《とが》めて、壁の『穴』をスマホで撮影して確認してもらったりした。

あんまり反応は芳《かんば》しくなかったけど……。微妙にこちらの言い分が伝わっていないのか、管理人さんはずっと「?」と首を傾《かし》げていたのだ。

それは不思議だったけれど、管理人さんを通して思い切って隣室の住人にも『穴』のことを伝えて（実際、隣室の住人にとっても他人事ではないはずだ）、一緒に工事の段取りをつけたりするために協調できないか……とそれとなく提案もした。

隣室の住人、しるふくんの一家は複雑な事情を抱えていそうだし――あまり接触したくなかったのが本音だけど、それこそ世界を救うぐらいの勇気をもって踏みこんでみたのだ。

訳あって私はBL小説の稼ぎもほぼ使い切ってしまっている貧乏作家なので、工事費用が隣室と折半できれば助かるな――とも思ったのだけど。

隣室の動きは、とくにない。

というか、驚くぐらいに何の反応もなかった。

それで、せっかくかき集めた私の勇気はしおしおと萎《しぼ》み、反応があるまで意地でも連絡を取ろうとしたり――隣室に直接、出向いたりなどもできずにいる。

この状況がつづくようなら、そうせざるを得ないんだろうけど……。

嫌だなぁ。

早めに工事が入って、『穴』が塞がる日がくるのを祈るしかない。

○ ○ ○

「ご、ごめんなさい――うしおさん」

しるふくんが珍しく挙動不審に、顔を真っ赤にしてわたわたと手を振っている。

まずいところを見られた、という態度だ。

いやまぁ、普通に——住居不法侵入だし、まずいことはまずいけど。子供のやることだしなぁ……。大人としてテキパキ手続きして『穴』を塞ぐべきだったはずの私には、この子を叱る権利はない。責められるべきは私だろう。

無言で、ソファの上で身を起こす。

物書きの仕事をしているのに、こういうとき発するべき言葉がまったく思い浮かばず、私は金魚のように口をぱくぱくさせる。

完全に動揺していた。

まだ自分が夢を見ているのかと疑い、どうにか身をよじって不自由でないほうの足を床につき、しるふくんに近づく。ほんの数歩の距離。

「あ、あの……？」

無言で迫ってくる年上の女が怖かったのだろうか、しるふくんは身を竦《すく》ませる。

何だか悪いことをしている気分になり、まだ覚醒しきってなくて満足に動けないのもあって、私は彼のそばによろよろと倒れこむようにして膝《ひざ》をついた。

王者に謁見する兵士のような構図だ。

こんな尊く綺麗《きれい》なものと、私のような下々《しもじも》のものが接してもいいのだろうか。

「うしおさん……？」

おっかなびっくり手を伸ばして、戸惑っているしるふくんの膝小僧のあたりに触れる。

室内だからか、かなり寒い季節なのにずいぶんと薄着だ……。あまり頻繁にお洗濯されていないような、ちょっと薄汚れている安物の衣服。

それもまた、彼が自然のなかで暮らす妖精のような存在だと裏付けているようで、そんな想像をする自分が私はちょっと気持ち悪い。

とにかく。目の前の彼は夢でも幻覚でもないようで、普通に触れる。

子供らしい、産毛も生《は》え揃《そろ》っていない艶やかな肌。

肉付きが薄すぎて、ほとんど皮膚と骨の感触しかしない。

「くすぐったいです」

「うん。ごめんね。寝惚《ねぼ》けてるみたい、私」

なぜか可笑《おか》しそうにしている彼に何となくお返事をしつつ、困ったなぁ、と私は項垂《うなだ》れそうになる。

どうしよう、これ……。

ぜんぜん、予期していなかった展開である。

しるふくんは出会ってからの二週間、基本的にものすごくお利口さんにしていたし（粗暴なのが当たり前のこの年頃の男の子としては、むしろ異様なぐらいに）、こちらに迷惑をかけることもなく、例えば『こっちの部屋に入ってこないでね』みたいな言いつけは律儀に守ってくれた。

なのに今日、彼はいろんな意味で——踏み越えてきた。

あの『穴』を通って、私の小宇宙へ。

「おれも座りますね。何か、うしおさんを見下ろしてると落ち着かないし」

私よりも早く平静になったのか、しるふくんは普段どおりの朗らかな態度に戻って、なぜかパソコンチェアから滑り落ちるようにして床に座った。

私にめちゃくちゃ怒られるとでも思ってるのか、恐縮したような正座である。

その仕草は愛らしくはあったけど、互いの顔が近づいて私は緊張する。

近いなぁ……。

いや、普段から『穴』を通してこのぐらいの距離で会話していたのだけど。

「あの、本当にごめんなさい！」

しるふくんが突然、思いっきり頭を下げてきたので私は「わっ」と怯《ひる》んだ。

「な、何が……？」

勝手にこっちの部屋に入ってこないでね、という約束を破ったことを謝っているのだろうか……。それにしては何だか、しるふくんが必死すぎる。

もしかして、他にも何か良からぬことをやらかしたのだろうか……？

例えば、寝ていた私に悪戯《いたずら》をしたとか。

などと、おかしな想像をしたら急に不安になって、私はもだもだと自分の服を確認してみた。ソファに転がって眠りこけるまで身につけていた、普通の室内着。

とくに乱れてもいない、大丈夫のはず。

何もされていない、当たり前だけど……相手は子供だ。

不可解だろう動きをする私をしるふくんは不思議そうに見つつ、告白してきた。

「うしおさんの、書いてる途中のお話を読んじゃったんです」

「書いてる途中の……？」

理解力の低い私はオウム返しにしてから、すぐに察する。そういえば先ほど目覚めたとき、しるふくんは私の仕事机の前に座っていた。

そこには、電源を入れっぱなしでスリープ状態にしていたノートPCがある。

「ひぃっ――」

事態をようやく飲みこんで、私は喉の奥から呻き声をあげてしまう。

「よ、読んだの？　私が今、書いてる途中のBL……いやあの、小説を？」

「あぁ、はい。途中までですけど。でも難しい漢字がおおくて、ちゃんと読めてないです。本だと、ふりがながあって読めるんですけど」

たぶん見る見る青ざめているだろう私を前にして不安になったのか、しるふくんはおおきなお目々に涙まで浮かべて、しきりに恐縮している。

「ごめんなさい……。前に借りた、うしおさんのご本が面白かったから。あのお話の続きなのかなって、気になっちゃってつい」

「あ、あの本、面白かった？」

我ながら、私はあんまり関係ないところを気にしている。

でも以前、朝読書のためとかでしるふくんが私の著作を借りてから、何の反応もなかったので不安だったのだ。つまらなかったのかなぁ、世間の評価と同様に——私の書いたものはたいしたものではなかったのかな……。などと、いじけていた。

でも、面白かったと言ってくれた。

彼にとっては知人の本だし、お世辞かもしれないけど。

それでも嬉《うれ》しい。彼がどんな酷《ひど》いことをしても、許してしまいそうなぐらいに。

でもまぁ、今はそれはどうでもいい——それよりも。

「こ、これは、読んじゃ駄目なやつ」

私は目眩《めまい》をおぼえながら立ち上がり、今さら仕事机に置かれたノートPCを閉じる。

あぁ、もっと気をつけておくべきだった……。完全に油断していた、私の馬鹿め。

一般人（という表現もおかしいが）の、しかも子供に――。

けっこうエグい（という評判らしい）、私のBL小説を読まれてしまった……。

頭のなかで、ちかちかと火花が飛び散る。それは私の顔面を裏側から棘《とげ》のように刺し、出血させていくみたいだった。貧血を起こしそうだ……。穴があったら入りたい。

『穴』は存在するのだけど。

それは今のところ、決して私の逃げ場にはならない。

○　○　○

「やっぱり、書いてる途中のやつを読んじゃ駄目ですよね。その、うしおさんはプロの小説家さんですし、売ってお金にするやつですもんね。完成する前に読むのはその、ルール違反？　じゃなくて、えっと、泥棒みたいなものですよね……？」

しるふくんは子供なりにいろいろ推測しているようだが、そのへんもたしかに問題だけど――そうじゃなくて。

より深刻な問題（だと私は思う）について、説明しなくては。

でも、どうやって……？

私自身もしっかり理解して血肉にしているとは言いがたい、BL小説というわりと特殊なジャンルについて、この子がまちがった知識を得ないように説明することが——可能だろうか？ あらためて説明しろと言われても、今の私には荷が重くないか？

私は普段、創作に用いている脳細胞を結集し、理屈をこねようとする。

「これはね、その……。子供が読んじゃ駄目な、えっちなやつなので」

一瞬でいろいろ考えた結果、私はそんな方向で話を切り出した。

「えっちな……？」

「うん。だから、未成年は読んじゃ駄目」

よし。我ながらうまい説明だ、これは常識的な意見だろう。世間的に見ても正義だ。実際、毎阪《まいさか》さんの紹介で私がBL小説を書いているレーベルは性描写の過激さが売りらしく、刊行されている本も言ってしまえば女性向けのエロ本みたいなものだ。

男性向けに比べてまだ規制がゆるいのか、分類としては十八禁の官能小説ではない——まだゾーニングが甘い感じだけど。書店さんなどでも、基本的にカーテンで仕切られた向こうとか、子供は入りづらい隅っこのほうに置かれているはずだ。

えっちな本だから、子供は読んじゃ駄目。

うん。正しい理屈だ、説得力がある。

そう思いつつ、私はまた床にしゃがみこむと、土下座するみたいに頭を下げた。

「だから、ごめんね」

「どうして、うしおさんが謝るんです……？」

「こういう場合は、大人が謝るの。読ませちゃ駄目なやつを読ませちゃって、ごめん。しるふくんは何も悪くないからね、とりあえず読んだものは忘れてくれると嬉しいな」

幸いなことに、しるふくんは読んでもあんまり意味がわからなかったと言っていた。それだけが救いである。

私も子供のころは、物語で描かれる性描写の意味がわからなかったなぁ……。何か酷く不気味で、おぞましい行為として認識していた。

童話では描かれない――キスより先のことは、何だかグロテスクに思えた。大人たちがそれを忌まわしいもの、罪深いこととして隠してきたせいでもあるだろう。

私は今、同じことをしるふくんに対してしているのか。でも正しい性教育をするような度量もないし、たぶん責任もないだろう（学校や親御さんに任せたい）。曖昧《あいまい》に誤魔化《ごまか》し、謝って済ませてしまえ……と私は短絡的に考えたのだ。

書いてる途中の未完成で不細工なものを、しかもＢＬ小説を見られてしまって恥ずかしくて、早くこの話題を切り上げたいとも思っていた。

今現在、私が書いている原稿の内容も問題だった。

読まれると、それこそ裸を見られるより恥ずかしい。

結局、先日の打合せの結果、忍者ものはボツにして新しい内容を考えることにしたのだけど。ぜんぜんネタが浮かばず、毎阪《まいさか》さんの意見もあって私は自分自身の乏しい恋愛経験を題材にした小説を書くことにしたのだ。

私小説のようなものを、と。

最近、そういうのが流行《はや》っているようでもある。実録ものとか、エッセイとか。ＳＮＳの流行のせいか、誰もが個々人のミニマムな物語を開陳し閲覧しあって楽しんでいる。

その流れに乗ろう、という安易な考えだ。

〆切に追われ切羽詰まっていた私にはこれがかなり魅力的なアイディアに思えて、過去の傷をほじくるような気鬱《きうつ》な執筆を始めてしまった。

これが、思った以上に困難な作業だった。

私の生涯、唯一の恋はあまり一般的なものではないし、いちおう男と女の異性愛だった。

これをＢＬに変換できるのか――できたとして、果たして読者が喜ぶものになるのかという疑問があった。

それでも、何とか書き進めた。

どれだけ無理筋でも、書かなくては〆切に間に合わない。

かつての私の恋人を視点人物にした一人称小説として、相手役である存在――つまり私が登場するところまでは何とか書いた。

けれど、自分自身をモデルにした登場人物を描く、というのがものすごく気恥ずかしかった。かつての恋人の視点で、私に恋をしていく過程を描く……。私がどれだけ魅力的で、愛《いと》おしい存在かを逐一、文字にしていくことになる。

何だそれは。ナルシストにも程がある。

馬鹿馬鹿しくすらあって、私はそこでいったん執筆を止めた。近いうちに毎阪《まいさか》さんに相談し、相手役をまったく異なるキャラクターに設定し直す予定である。

それはそれで、かつての恋人が私ではない相手を好きになっていく過程を描くことになり、変に背徳的だが……。そして実体験を元にして描く、という本来のコンセプトから外れていっている気がするが、仕方ない。そうでないと書けそうにないのだ。

幸か不幸か、かつての恋人は（そこに恋愛感情があったかはともかく）、その手の話題に事欠かない立場だった。相手役は選《よ》り取り見取り、幅広く設定できる。

かつての私の恋人は、とあるお大尽に飼われている、男娼《だんしょう》だったのだから。

源氏名《げんじな》が『風見鶏《かざみどり》』だったので、私はカザミさんと呼んでいたが、本人はミドリさんと呼ばれたがっていた。

――トリって言葉が入ってたほうがさぁ、自由って感じじゃん。

そんなふうに、よくわからないけど深い意味がありそうなことばかり喋《しゃべ》るひとだった。

改造とやらを施された口を、恥ずかしいからって風邪予防のマスクで隠したまま、目だけを笑みのかたちにして。

――あちこち改造のしすぎで、輪郭が崩れてきた気がしてさぁ。

――そんな顔、おひいさまに見られると恥ずかしいんだよね。

あぁ、そうだった。私の本名、『華菜《ひいな》』から連想したのか、『おひいさま』って呼んでくれていた。

なぜか最初から最後まで、彼は私をお姫さまみたいに扱ってくれていたのだ。

こんな私を。

世界でいちばんの宝物みたいに、大事にしてくれていた。

あのひとが何を思って、私のそばに寄り添ってくれたのかはわからない。単なる気まぐれな暇つぶしか、本当に愛してくれていたのかさえ――今ではもう確かめるすべもない。

だから。

そんな私が彼を主人公にして、その心理を勝手に決めつけて描写するのは、ひどく後ろめたいことでもあった。書いても書いても、あのひとの気持ちはわからない。

わかりたいけど、わからない。

それがとても、哀《かな》しい。

「……うしおさん？」

思考が横道に逸れて、勝手に沈んでいた私を心配したのか、しるふくんがこちらの顔を覗《のぞ》きこんできた。こんな吐息が触れる距離から見ても、この子は綺麗だ。

決して、こんな子が汚されてはならない。

この世には、不幸も悲哀も、絶望も、うんざりするほど存在するけど。

この子が生涯、そのようなものに出会わないことを祈ることしかできない。

〇〇〇

その後――。
なぜか私は、しるふくんと晩ご飯をご一緒することになった。

自室のダイニングにある備え付けのキッチンにて、エプロン姿でハンバーグなどをこしらえた。いちおう自炊しているので、料理はある程度できるのだ。

一時期、同棲《どうせい》していたカザミさんはそういう日常的なことが何もできないひとだったしなぁ……。レシピどおりに普通の料理を出すだけで、目を輝かせて喜んでくれたものだ。

などと、過去を振り返っている場合ではない。

現在に、現実に目を向けなくては。

「はい、お待たせ」

ダイニングテーブルのそばで、良い子にしてTVもつけずに待っていたしるふくんの前に、料理をのせたお皿を置いていく。ハンバーグと野菜のスープ。主食がないけど、大急ぎでもご飯が炊けるまではまだすこし時間がかかる。

私はもうとっくに食事を終えていたし、あんまりお腹《なか》が空《す》かないほうなので自分のぶんは用意せずに、しるふくんの正面に座る。

一人暮らしには不要なぐらい広い自宅だ、ダイニングもそれなりの面積がある。おおきなテーブルを置いているのだけど、まだまだ空間が余っている。

亡くなるまでは祖母と一緒に暮らしていたし、カザミさんと同居してたころにいろいろ買い足したので椅子も何脚かあり――私の身の置き場がなくなることもない。

食器などもそれなりの数が揃っていて、急なお客さまにも対応できた。

普段は自分しかいない場所に、他のひとがいるというだけで落ち着かないけど……。カザミさんと別れてから十年も経《た》つからこういうのは久々で、懐かしくもあった。

感慨深くなりつつも、私はしるふくんに「どうぞ、お食べ」と促す。

「あ、ありがとうございます。いただきます」

しるふくんは男の子にしては長い髪が食べるときに邪魔になるのを厭ったのか、どこからか取りだした水玉模様のシュシュで結び直していた。頭の上で髪をまとめる、やや珍妙だがかわいい見栄え。いつもは長い髪に隠れがちな、その整った素顔がくっきり見える。

しるふくんはフォークを子供握りして、意外とお行儀悪く食べた。

複雑な家庭……。テーブルマナーとか、親から教わっていないのだろう。

「美味《おい》しいです。うしおさん、料理人になれそうです」

しるふくんは無我夢中でがっつきながら、大仰な褒めかたをしてきた。不味《まず》い、と吐き出されなかっただけ嬉しくはあったけど……。私の料理の腕前は普通である。あまりにも過剰に持ち上げられて、逆に心配になる。

気を遣って社交辞令を述べる年齢でもないだろうし、心の底からの賛辞だろうけど。

だからこそ、不自然だ。

この子、普段はいったいどんなものを食べて暮らしているんだろう……？

踏みこんで良いものか迷ったけど、ご飯まで振る舞っておいて今さら他人の顔もできない。私は探り探り、しるふくんの事情を尋ねてみる。

「あの。聞いていいことかわからないけど。しるふくん、何で急に『ごはんを食べさせてください』とか言ったのかな」

まず、それが疑問である。

あまりにも真剣な様子だったので、つい強く拒絶もできずに言うとおりにしてあげたけど――今日だけでだいぶ、本来は越えちゃ駄目な線をいくつも越えているような。

何だか憂鬱になっていると、私が不機嫌になったとでも思ったのか――しるふくんが平謝りしてくる。

「ご、ごめんなさい。ご迷惑でしたよね、うしおさんはもう寝ようとしてたのに」

いや、というか完全に寝てたんだけど。

時計を見るともう夜の十一時だ。良い子でなくても、まぁ寝る時間だろう。閉め忘れていたカーテンの向こう、窓の外は真っ暗闇である。

星も見えない曇天の夜。

静まりかえっていて、しるふくんがたてる食器の音がよく響いた。

「今日はその、お父さんが帰ってくる日だったので」

しるふくんはちょっと言《い》い淀《よど》んでから、不思議なことを語った。

「おれ、ほんとは家にいちゃいけなかったんですけど。うっかり忘れてて、おれの部屋――物置のことですけど、そこで居眠りしちゃったんです」

んん？　発言の意味が掴《つか》みづらくて、ちょっと理解が追いつかない。

だいたい常に、しるふくんが『穴』のある物置にいたのは、あそこがこの子に与えられた自室だったから……なのか。あんなの、部屋とも呼べない狭い収納スペースなのだけど。

それだけでもうお腹いっぱい、可哀想《かわいそう》で聞いていられないぐらいだったのに。

しるふくんは淡々と、とくに感情もこめずに当たり前のことのように語った。

「でもお母さん、お父さんと一緒にいるときにおれがいると怒るので。部屋から出られなくて、ごはんも食べられなかったんです。だからお腹が空いちゃって……。お父さんがいると部屋から出られないし、困っちゃって、うしおさんに甘えちゃいました」

しょんぼりして、しるふくんはハンバーグをお箸でいじいじと切り刻んでいる。遠慮せずに食べちゃって、と目線で促しつつ、私は理解不能な点をひとつひとつ口にする。

「えっと。お父さんが帰ってくる日、って言ってたけど。普段は帰ってこないの？」

「はい。お外で働いてるみたいです」

ふむ。単身赴任でもしているのだろうか……。何かもっと不穏な事情がありそうだけど、私には想像もつかない。

しるふくんも、あまり親の、大人の事情はわかってないっぽい気もする。この子を問い詰めても、明確な答えは聞き出せない気がした。

しかし、しるふくんの父親といえば――このマンションで暮らすなかで何度か見掛けた、あのサラリーマン風の中年男性だろうか。真面目そうな風貌の、眼鏡の……。

直接、会話をしたこともないので何とも言えないが、例えばしるふくんに対して虐待みたいなことをしそうな雰囲気でもなかったけど。いや、真面目そうなひとほど、家庭内では荒れ狂ったりするのだろうか……。わからない。

しるふくんは明らかに普通ではない家庭に生きているけど、まぁ殴られたり蹴られたりしている様子はないし（痣《あざ》や疵痕は、すくなくとも目に見える範囲にはない）。いわゆる育児放棄をされてる感じなんだろうか、と漠然と推測しているけど。

この子の家庭の事情は、わかるようでわからない。

○　○　○

「質問ばっかりしてごめんね。言いたくないことなら、言わなくていいからね」

私はいじましく前置きしてから、問いかける。

「しるふくんのお父さんが帰ってくる日に、その、部屋の外に出るとお母さんが怒るっていうけど。どうしてか、わかる？」

「いや……。えっと、わからないです。なぜか怒るんです、痛いことをされたこともあります」

それが怖くて、しるふくんは『お父さんが帰ってくる日』は部屋（物置）に引きこもっているのか。そうだろう、誰だって暴力を振るわれたくはない。

「あぁいや、いつもは家に帰らずに友達のところに泊めてもらったりするんです。あと、学校に忍びこんで体育倉庫とかで寝たりします」

ふむ……。今日はうっかりして居眠りしてしまった、と言っていたか。それで物置から出るに出られず、唯一、『穴』で繋がった私の部屋に避難してきたと。

いや避難というか、空腹に耐えかねてつい忍びこんじゃったのだろう。以前、私はこの子にお菓子をあげたりしたし、あわよくばもう一度――と期待したのもあるのかな。

子供だ。空腹感を我慢できはしない。

表現は悪いけど、この子は動物のように餌を求めてここに辿《たど》りついたのだ。

しかし、ちょっと有意義な情報も得た。しるふくんには、家に泊めてくれる友達がいる。一応、学校にも通っているようだ。年齢からいって小学校だろう――義務教育は受けている、のか。

その学校の教師やクラスメイト、友達などは、しるふくんが置かれている状況を察したりはできないのだろうか。それこそ見える位置に外傷などはないから虐待に気づきにくいのだろうけど、それにしたって……。

私は自分よりは頼りになりそうな、自分以外にしるふくんを助けてくれそうな存在がいる可能性を知り、ちょっと期待して言ってみた。

「えっと。しるふくんは、ずいぶん普通じゃない――じゃなくて、しんどい毎日を過ごしてるみたいだけど。そのことを、学校の先生とかに相談とかしてみた？」

この現代ではずいぶん家庭内暴力などに対しての法整備もされているはずだし、辛い立場の児童を保護するための仕組みもたくさんあるはずだ。その窓口になるのはまず学校、そして警察、他にも調べれば色々あるだろう。

そういうものに、満足にごはんも食べさせてもらっていないこの子を、助けてもらいたかった。私だけがこの子の窮状を知り、私だけが手助けできる、みたいな状況には耐えられない……。情けないけど、そんな責任は負えそうにない。

「……？」

しるふくんは、なぜか不思議そうに首を傾げている。あれっ、そんなに難しいことを言っただろうか……。私は不安になる、他人との会話は難しい。

「あの。そういうの、大丈夫なんです」

「大丈夫、じゃないよね……？」

しるふくんの不可解な物言いに、私は戸惑う。

いまいち、会話が噛《か》みあわない。

「そんなに困ってないので、大丈夫なんです。たまに、今日みたいに大変な日がありますけど」

「でも。普通は、親は子供にごはんをちゃんと食べさせるものだよ。なのに物置に閉じこめるみたいにして、顔を見せただけで怒るとか、おかしいよ。しるふくんがどう思ってるかわからないけど、そんなのは普通、許されることじゃないんだよ」

普通普通と連呼して、我ながら自分がどれだけ普通を知っているのかと、自嘲したくなる。私はＴＶで放送されるような一般的な人生から、ずいぶん外れたところで生きている。会社に勤めたこともないから、通勤ラッシュの苦しみも知らない。

常識知らずの、引きこもり作家だ。

高校生のころ事故で両親を失い、足が不自由になって、普通のひとたちが暮らす社会の片隅をこそこそ歩いてきた。空想ばかりを文字にして、それで生活の糧を得て……。

普通を知らずに生きてきた、けど。

親から愛されていないらしいこの子を、放っておいて見ないふりをするのが普通の感性ならば、私は普通になんてなりたくない。

私が愛した物語の主人公ならば、可哀想な子を見殺しにはしない。

「……誰かに相談できない？」

けれど。私は物語ではなく、現実を生きている。

そして現実を生きる私は、とても弱く、誰かを助けるようなちからを持たない。

例えば、私がしるふくんの窮状を警察や、そういう問題に対処するお役所（詳しくないからわからないけど、たぶん存在するんだろう）に相談することはできない。私は昔の過ちから、そういった公的なものと距離を取らざるを得ない事情を抱えている。

絶対に不可能ではないけど。

たぶん、冗談ではなく命懸けになる。この子を助けるために、私自身の人生をぜんぶ捧《ささ》げるほどの度胸がなかった――私は意気地なしだ。

「学校の先生とかに……。助けてもらえない？」

「助ける？」

しるふくんはやはり当惑するみたいに、何度か瞬きをした。

「そんな必要ないですよ。さっきも言いましたけど、おれ、べつに困ってないですから。むしろお父さんやお母さんが困ってるんです、大変なんです。だから、関係ないひとに悪いやつみたいに言われて、警察とかに捕まったら――可哀想です」

可哀想なのは、そう言うしるふくん自身に思えるのだけど。

私にはわからなくなる。私が変なのか？　まちがったことを言ったのか？　単なる隣人が出しゃばりすぎだとは思ったけど――だって、放っておけなかったから。

「ごめんなさい」

綺麗にごはんを平らげ終えて、しるふくんは困ったようにまた謝った。

「うしおさん、やっぱり優しいです。おれを心配してくれるんですね。でも本当に大丈夫なので――たまに、こうやってお腹が空いたときとかにごはんを食べさせてくれるだけで、おれ、すごく助かっちゃいますから。嬉しくって幸せで、怖いぐらい」

物語の、主人公に都合の良いことしか言わないヒロインみたいに微笑《ほほえ》んで――。

しるふくんは、何もできない私を、真っ直《ます》ぐに見つめて言った。

「おれ、うしおさんのことが大好きです」

ちょっと餌を与えただけで、簡単に懐いてくれる。

大好きだなんて言ってくれる。

――あぁ、どこまでヒロインなんだろう？

私は何もしていない。この子をちっとも助けていない。この子の抱えた不気味な事情を、ひとつも解決できていない。だから申し訳なくて、私は堪《たま》らなくなって泣けてきた。

清らかな乙女が涙を零《こぼ》せば、童話の世界なら奇跡も起きるかもしれないけど。

三十路手前のＢＬ作家が泣いて、それで何が変わるわけでもないのに。

みっともないだけなのに、今の私には他に何もできなくて――悔しかった。

CHAPTER—3

# GRAY ZONE

さらに、一週間後。

私はある決意を抱いて、担当編集者の毎阪《まいさか》さんを自宅に呼び出していた。

「どうもどうも、お邪魔します」

時間にややルーズな毎阪《まいさか》さんだが、今回は私が呼び出した際に電話でかなり深刻な声をだしたせいで心配だったのか——予定より早めに姿を見せてくれた。

今朝から酷《ひど》く冷えこむため、もこもこに防寒している。ちいさな毎阪《まいさか》さん自身より服などの重量のほうが上なのではないか、と思うような着込みっぷりだ。真っ白な毛糸の帽子に手袋、マフラー。過剰に温かいのだろう、露出した頬《ほお》が林檎《りんご》みたいに真っ赤だ。

「いやぁ、今日は寒いっすね。この調子だと雪降りますよ雪、最近は毎年のように積もるぐらいですもんね。異常気象ばっかりで、もはや何が異常なのかわかんないです」

相変わらず、小鳥のようによく喋《しゃべ》る。いつも静かな我が家が一気に賑《にぎ》やかになって、最近かなり気が沈みがちだった私は救われたような心持ちになった。

安堵《あんど》しつつ、私は「どうも」と頭を下げて彼女を迎え入れる。

「わざわざ呼びつけてすみません、毎阪《まいさか》さん」

「いや、いつもの喫茶店もすぐそこですし——距離的にはそんな変わんないですよ。むしろ領収書を切ってもらったりとかの手間がないぶん、毎回、牛老丸《うしおいまる》先生のご自宅で打合せしたいぐらいです。あっ、お茶の代金とかあれなら支払いますけど？」

「いえあの、大丈夫です」

「それはどっちの意味の『大丈夫』なんです？　先生、文筆業なんだから言葉はもうちょい考えて選びましょうよ～？」

友達の家に来た、ぐらいの気安さの毎阪《まいさか》さんである。ただ私が只《ただ》ならぬ事情を抱えているのは察しているのだろう、必要以上には軽口も叩《たた》かない。一瞬だけ気遣わしそうに私を見てから、ずいぶん履くのも脱ぐのも難しそうなブーツを取り外しにかかっていた。

玄関に座って靴と格闘している毎阪《まいさか》さんは、子供みたいにちいさい。

そんな彼女に頼ってしまうのは気兼ねしてしまうが、私には他に困ったときに相談できる人脈もなかったのだ。仕事――BL小説の執筆が遅れてる今、担当さんに個人的な悩みまで背負わせてしまうのは申し訳なさすぎるけど。

などとウジウジしつつ、私は玄関のあたりは寒いのもあっていったん引っこむ。

「お茶とか、用意してきます。ダイニングで話しましょう」

「はぁい。いやぁ、先生んとこ来るの久しぶりですけどいつも綺麗《きれい》にしてますよね。うちなんかゴミ溜《た》めですよ、いやゴミじゃないですけど――お宝の山ですけど」

ひとつ言えば十も二十も返してくる。なので会話を切り上げるタイミングが掴《つか》めなくて、私は無駄に行ったり来たりしてから、追加の発言もなかったので今度こそダイニングへ。

毎阪《まいさか》さんが予定より早く来てくれたから、お茶などの準備が終わっていなかった。お湯がちょうど沸いたのでカップを食器棚から取りだしたり、細々とやるべきことをやる。

その間に毎阪《まいさか》さんが勝手知ったる他人の家、軽やかに「失礼しま〜す」と入ってきて椅子に座る。毎阪《まいさか》さんは何度か我が家に来ているので、気楽なものだ。

変に借りてきた猫みたいに振る舞われてもこっちが緊張するので、良いけど。

「んん〜……？」

先にテーブルに置いておいたお盆から菓子をつまみつつ、毎阪《まいさか》さんが眉をひそめた。

「先生、もしかしてまた彼氏できました？」

「……はい？」

「ふむ、今回の新作で急に受けのキャラを変えたのはそういう……ははぁん？」

何やら勝手に納得されているが、たぶん見当ちがいだと思う。受け？　そんな話をしていただろうか……？

どうでもいいけど私にはあんまりBLにおける受けと攻めの概念がわからず、よく読者から「この子はどっちなんですか？」という問い合わせがある（と、これも毎阪《まいさか》さんに聞いた）。

そんなのどっちでもいいじゃん、って言ったら怒られそうだけど。

恋愛における役割を決定しすぎるのって、あんまりBLの意味がない気がする……。

せっかく対等な愛が描けるジャンルなのに。というのも、たぶんピントのずれた思考なんだろうなぁ――世間的にはそれは、生きるか死ぬかぐらい切実な問題のようだし。

などと比較的どうでもいいことを考えつつ、お茶の準備を終えて毎阪《まいさか》さんの元へ。

カップを配置し、おずおずと着席。

さぁ、どう話を切り出そうか。

○　○　○

頭のなかで相談の内容をまとめている間も、毎阪《まいさか》さんはノンストップだった。

「先生、無視しないでくださいよ寂しいじゃないですか～？　どうなんです？　新しい恋人をつくっちゃったんですか？　こぉら、仕事をほっぽりだしてこの不良作家～♪」

「いや……」

毎阪《まいさか》さんはたまに素面《しらふ》でも酔っ払ってるみたいなことを言うなぁ、と思いつつ、私はあんまり釈然としなくて首を傾《かし》げる。

「前の彼氏以降、恋人はいませんけど。何かそういうの疲れちゃって……毎阪《まいさか》さん、どうしてそう思ったんです？」

「だって、あちこち生活臭がしますもん。彼氏と同棲《どうせい》とかしてるんでしょ」

毎阪《まいさか》さんは自信たっぷりに、部屋のあちこちを指さす。名探偵みたいに。いや、どっちかというと警察犬か――くんくんと、においを嗅《か》ぐような仕草までしていた。

彼女が視線で示したもろもろの物証を、私もつられて眺める。

洗った皿などの食器。テーブルのわずかな傷や凹《へこ》み。

冷蔵庫に貼られた子供向けのステッカー。付箋が増えたレシピ本。

あぁ、と私は理解する。

毎阪《まいさか》さんは、どうも勘違いしているみたいだ。

私には、べつに新たな恋人はできていない。

ただ最近、しるふくんがよく『穴』を通って我が家を訪れるのだ。来たら無視もできないし、あれこれお相手をするので、その痕跡があちこちに残っている。

それらを見て、毎阪《まいさか》さんが元・作家らしい想像力を逞《たくま》しくしたらしい。

同性愛・異性愛を問わずにゴシップ的な話題、というか恋バナが好きなひとなのだ。女子高生みたいに。

ともあれ一週間前、不意に訪れたしるふくんにごはんをご馳走《ちそう》してから、あの子はわりと毎日のように我が家に来るようになったのだ。物置で膝《ひざ》を抱えているよりよっぽど有意義だし、楽しいのだろう――私のような退屈な人間との遣《や》り取《と》りですら。

私もどうもあの子を無下《むげ》に追い払うようなこともできず、好きにさせてしまっている。私が執筆している間はあの子もお利口さんにして静かに本などを読んでいるため、とくに邪魔にもならないし……。心苦しさもあったけど、懐いてくれて嬉《うれ》しかった。

ずっと久しく他人と私生活をともにしていなかったので、わりと自分では意外だけど寂しかったのだろうか――あの子がいると、満ち足りた気分にすらなった。ただいまと言えばおかえりが返ってくる、日常を過ごすなかで思いついたどうでもいい話題を戯れに言うと反応が返ってくる、ごはんをつくると美味《おい》しいって言いながら食べてもらえる。

それだけのことが、嬉しかった。

嘘《うそ》みたいに。

物語みたいに、幸せだった。

だからこそ。

「毎阪《まいさか》さん。毎阪《まいさか》さんが考えているような事実はないですけど、無関係ではないというか――我が家のあちこちに他人のにおいが残ってる理由について、説明させてください。そして、できればお知恵を借りたいんです」

「はい」

毎阪《まいさか》さんはおちゃらけた態度を改めて、真摯《しんし》にこちらに向き合ってくれた。

「何なりと。牛老丸《うしおいまる》先生がどんな悩みを抱えてるのかわかりませんけど——そういったものを解消して、滞りなく執筆していただくために尽力するのが、わたしの仕事です」

編集者として、百点満点のお返事だった。

期待していた以上の、心強い言葉……。

うっかり泣きそうにまでなったけど、本当に、私が泣いてもどうにもならない。私はお茶を口に含むふりをして、俯《うつむ》いて己の表情を誤魔化《ごまか》してから——顔を上げる。

毎阪《まいさか》さんは、そんな私のもたもたした態度に苛《いら》つくこともなく、待ってくれている。

そんな彼女だからこそ、あんまり巻きこみたくもないのだけど。

私ごときではどうにもならない困難な状況も、彼女なら解きほぐしてくれるような気がした。私よりずっとちゃんとした人間である、私の尊敬する毎阪幸広《まいさかゆきひろ》先生なら。

もちろん究極的には私が対峙《たいじ》すべき問題だから、助言を賜るだけに留《とど》めるけど。

誰かに相談できるというだけで、不思議なぐらいに心が軽くなった。

「じゃあ、ご説明します。……ありがとうございます、毎阪《まいさか》さん」

我ながら遅いお礼を口にしてから、私は語った。

先日、巡《めぐ》り逢《あ》った、妖精の名前をもつ男の子――しるふくんのことを。

○　○　○

もちろん。

いくら私が毎阪《まいさか》さんに全幅の信頼や憧憬《しょうけい》、その他もろもろの多大な好意を抱いていようと――決して、彼女には語れないこともある。

例えば。


最近、しるふくんと一緒に寝てしまったこととか。


私は思い出す。

それは、一週間前から始まった。

隣室に住まう美少年――しるふくんと自宅で食卓を囲み、彼のちいさな身体では支えきれないような重たい事情の一端を知った翌日の、早朝。

もともと私は寝付きが悪いが、その夜はしるふくんのことなどを身悶《みもだ》えしながら考えこんでしまい、ようやく熟睡できたのは空が白んだころだった。

自宅の寝室。ぞんざいに閉めたカーテンの隙間から木漏れ日のような朝陽が差しこみ、それが顔を直撃して、私は鬱陶《うっとう》しく思って短い睡眠から目覚めた。

「う……うん」

呻《うめ》いて、何度か気怠《けだる》く瞬《まばた》きする。

頭が重い。あきらかに睡眠が足りなかった。どうせ毎日、通勤電車に揺られて会社に行かねばならないわけでもない気楽な作家業だし、寝直そう——と私は布団を頭からかぶって光を遮り瞼《まぶた》を閉じた。

至上の贅沢《ぜいたく》、二度寝をしようと試みたのである。

けれど。

赤ん坊のように掛け布団を手繰《たぐ》り寄せた私の指先が、不思議なものに触れた。

妙に熱くて柔らかくて、わずかに動いている、生き物らしきものに。

「……ふぃ!?」

得体の知れないものに触れて、私は生理的嫌悪感をおぼえてビクッとする。

眠気が一瞬、綺麗に消し飛んだ。

慌てて身を起こした。

柔らかな曙光《しょこう》のなか――。

同じベッドで、しるふくんが眠っていた。

「…………」

思考停止。我ながら情けないことに、たぶん数分ぐらいは硬直していたように思う。何だこれ。何だこれ。何だこれ……。ラブコメ漫画か。男性向けの都合の良い物語によく登場する展開だけど、それに現実に遭遇したときの感覚はホラーに近かった。

驚愕《きょうがく》と混乱に全身が強《こわ》ばって、視界は揺れ、瞬時に動悸《どうき》が速まっていく。

「し、るふくん」

その名を呼び、私は頭にかぶったままの布団を払いのける発想も浮かばないまま、馬鹿みたいに呆然《ぼうぜん》とした。

しるふくんがいる。

見慣れた自宅のベッド。定期的に洗濯してるので（ずっと自宅にいるので、逆に家事がものすごく捗《はかど》る）それなりに清潔なシーツに、絡みつくようになって彼は寝ている。起き上がった私の真正面、ぎりぎり肌が触れるか触れないかの距離。

しかも見た感じ、しるふくんは半裸だった。

この子は寝苦しかったのかズボンや靴下を脱いでいて、あまりサイズが合っていないらしいTシャツをワンピースのように着ているだけ。おまけに寝乱れていて、おへそや男の子っぽい鎧《よろい》の騎士のプリントがたくさん配置された下着《トランクス》が覗《のぞ》いている。

やばい、と私は慄然《りつぜん》とする。

どう考えてもこの構図、現行犯だ。どうしよう。

しるふくんの肉付きの薄い太股《ふともも》、素足――その先端の健康的な桃色の爪。普段は隠している部分まで芸術的に美しい彼は、動いた私に反応してわずかに身じろぎをした。少女のように長い髪が、動いた拍子にその顔を艶《なま》めかしく隠す。

「んぅ――」

寝息の隙間でちいさく呻き、しるふくんは温《ぬく》もりを求めるように寝返りを打って、私に擦り寄ってくる。その頬《ほお》が、パジャマ姿の私の足首のあたりに触れる。

他者から与えられる刺激。肉と肉が擦れる感触。あぁ夢ではないのだ――とそれでようやく実感して、私は寝惚《ねぼ》けてぼんやり彼を観察するのを止めて、やるべきことをやる。

「しるふ、くん。しるふくん――ごめん、起きて。困る、どうして……？」

パニックのあまり涙まで浮かんできて、我がことながら情けない。

けれど――こんなの、予想外すぎる。想定外の出来事に、私は弱い。しるふくんを揺り起こそうとしながら、私は寝室の壁際に目を遣った。

すべての原因、物置の奥……。消灯していて薄暗い室内では、そこには闇が蟠《わだかま》っているようにしか見えないけど。

たぶんそこに、いまだに『穴』がある。

しるふくんは、またそこを通って私の縄張りに入ってきたのだ。

昨夜、勝手に入ってきたのをやんわりと叱ったばかりなのに、彼も反省した様子で謝っていたのに……。あれは滅多《めった》にない不測の事態で、もう二度と繰り返されないって頭のどこかで信じていたのに。油断していたのに。

しるふくんは、また同じことをやらかした。

子供だ。ちょっと注意したからってすぐに言動を改められない、それは理解してる。しるふくんは賢くて良い子だけど、まだ衝動を我慢できない年頃なのだ。

でも。

さすがに、一緒に寝るのは駄目すぎる。

何かを踏み越えてしまっている。倫理観とか、常識とかを。

○　○　○

けれど。

親に甘える幼子そのものに、私に寄り添う彼を見て。

「…………」

どうしようもない懐かしさが湧いてきて、私は項垂《うなだ》れてしまった。

目覚めたとき、誰かがすぐそばにいるのは久しぶりだ。悪意によって原形も留めないぐらい粉々にされた彼を――かつての恋人を、ほんの一瞬だけ思いだして。

儚《はかな》くなった。

この世界には、寂しい、不幸なひとがおおすぎる。

善良で、なのに孤独で壊れかけの魂たちのために、私に何ができるだろう?

「んん――」

ぼうっとして思考に埋没しているうちに、しるふくんがようやく目覚めてくれた。

ちいさく喘《あえ》ぐと、彼は名残惜しそうに私の足に何度か頬擦りしてから、ぱっちりとお目々を開く。しばし無言で、目元をぐにぐにと擦り、欠伸《あくび》をしていた。

かわいかったけれど、私はそんな彼の頭をお仕置きを兼ねてやや乱暴に撫《な》でる。

「おはよう」

とりあえず呼びかけると、しるふくんはそんな私に気づいて屈託なく笑った。

「おはようございます、うしおさん……♪」

いろいろ頭のなかで用意していたお小言がぜんぶ吹っ飛ぶほどの、天使の微笑だ。けれど、その愛らしさに押し切られてはならない。さすがに、この事態は看過できない。

私は深呼吸し、覚悟を決めて問いかける。

「あの。しるふくん、何で私と一緒に寝てるのかな」

「はい？　はい……あれっ、ほんとですね？　一緒に寝てました、ね？」

まだ眠いのか、しるふくんの反応は鈍い。身を起こしもせずに、なぜか私の足首のあたりで顔を拭うような仕草をしていた。

そして何のつもりか、私の太股にくちびるをつけて熱い吐息を送りこんできた。

「ぎぉえ!?」

普通にそっちはまだ感覚がある右足だったので、私はくすぐったくて変な声がでる。障害のある左足のほうだったら、触られようが舐《な》められようが切り刻まれようが何も感じないのだけど――。

しるふくんはその声が面白かったのか、くすくす笑いながら身を起こした。

間近から見つめ合う。

もう何だか慣れてしまった、いつもどおりの至近距離。

「うしおさんは楽しいです」

「私は楽しくない……。おもちゃにしないでね、大人を」

やや腹の立つようなことを言うしるふくんに応えつつ、一刻も早く誰かに見られたらまずい状態を解除したくて（自宅なので有り得ないはずだが、気分）、私はベッドから右足を下ろす。遅れて、両手で抱えるようにして動かない左足も。

不自由だ……。飛《と》び退《の》いたり、ダッシュで逃げたりすることもできない。一緒に寝ていたのが幼い男の子だったからまだ良いけど、相手が暴漢だったら一巻の終わりだっただろう。私は弱い、生き物として。

「うしおさん、お手伝いします」

しるふくんが叱られたくなかったのか、話題を変えるみたいにそう言って、さっさとベッドから滑るようにして降りる。そして、私の手を取ってくれた。

介助してくれるつもりだろうか。

日常的な行為なら、べつに誰の手を借りなくてもある程度はこなせるつもりだけど。

「ありがとう」

心遣いが嬉しくて、私はしるふくんの手を握る。

とはいえ、相手は華奢《きゃしゃ》な男の子。寄りかかったりするのも気が咎《とが》めて、なるべく彼に体重がかからないようにしつつ、ベッドの脇に立てかけておいた小型の松葉杖《まつばづえ》を手に取る。

それを支えにして、立った。

そうすると、嫌でも私としるふくんの身長差を理解してしまう。

ベッドの上で向き合ったときよりずっと遠く感じる、大人と子供の距離。

「とりあえず……。まずは、朝ご飯でも食べようか。一緒に」

しるふくんの手を引っ張りながら、私はそう提案する。

この場で、パジャマ姿で侃々諤々《かんかんがくがく》とやりあうのも、しんどい。

「そこで話そう、いろいろ。……それで良いかなぁ、しるふくん」

「はい」

しるふくんは激怒されるのを覚悟していたのか、やや緊張の面持《おもも》ちだったけれど、私の言葉に安心したようで——ほっこりと笑った。

「うしおさんの好きにしてください」

そんなふうに全権を握らされるのは、私には重荷だったのだけど。

○○○

朝ご飯の支度をする前に、しるふくんに問いかけてみた。

「しるふくん、何か食べたいものはある？」

何でそんなことを尋ねたのかというと、私は朝はあんまり食べる習慣がなくてメニューを思いつかなかったし、相変わらず我が家の冷蔵庫にはまともな食材があんまり入っていなかったせいだ。正直、何のプランもなかったので意見が欲しかった。

先日、いちおう生活用品などの買い出しを済ませた直後ではあったけれど、見た感じわずかな卵や最低限の野菜と、調味料しかない。主食は買ったときから半分以上が減ったフランスパンがあるがトッピングがない、という物足りない感じ。

今後もちょくちょく、しるふくんが遊びにくることを想定してもっと自分ではあんまり食べないお肉なども買っておくべきか……。いやいや、美少年が気軽に『穴』から訪れる状態を当たり前のように思ってはいけない、これはあくまで突発的な異常事態なのだ。

受け入れてはいけないし、ちょっと嬉しく思ったりするなんて以《もっ》ての外《ほか》。

などと無駄に煩悶《はんもん》しつつ、先ほどの問いに返事がないので訝《いぶか》しむ。

「……しるふくん？」

私の声がちいさくて聞き取れなかっただろうか、と思いつつ振り返ると。

しるふくんが、私のパジャマを着ながら入室してきた。

「何か言いましたか、うしおさん？」

しるふくんは自分が普段、着ている服ではないから勝手がわからないのか、ボタンを留めるのに苦労しているようだった。サイズが合っていないのもあって白い肌がほぼ晒《さら》されており、目の毒。胸の膨らみがないのが不思議なぐらいの、美少女めいた華奢《きゃしゃ》な体躯《たいく》。

いや、そうじゃなくて……いったい何をやってるんだこの子は？

「あっ、借りちゃいました」

私が声も出せずに凝視していると、しるふくんはそう言ってはにかんだ。

愛らしいが、いつまでも単にかわいいだけで誤魔化されてあげると思うなよ。

「おれが着てた服、一晩寝たらちょっと汗臭くなっちゃってたから……。ごめんなさい、無断で借りて。あっ、ちゃんと下着は自分のやつですから」

当たり前だ。

美少年に自分の服を着せる、というだけで何らかの罪に相当しそうなのに、下着までつけさせたら紛《まご》うことなく変態の所業だ。この子が勝手にやったこととはいえ、警察も裁判所もそんな言い訳を聞いてはくれないだろう。

子供のやったことには、それをやらせてしまった大人に責任があるのだ。

「下着も借りようかと思ったんですけど、着方がわからなくて」

うう。口振りから言って、いちおう下着もつけられないか試すぐらいのことはやっていそうだ……。ちょっとその光景を想像してしまい、あまりの背徳感にくらくらした。

「ふふ。うしおさん、おっきいんですね」

パジャマはだぶだぶなので裾を引きずりながら、しるふくんが近づいてくる。

「おれも、おっきくなりたいなぁ……。どうすればいいんでしょう、牛乳とか飲めばいいんですかね。いやでも、遺伝でしょうか?」

私のパジャマは当然、女物だから男性向けのそれに比べればちいさめのサイズだが、それでも袖などがかなり余っている。着ているというより、身体に掛けているという感じ。

ちいさな身体に不釣り合いな衣装は、しるふくんの幼さを際立たせているようだった。どこでも買える無地のパジャマが、この綺麗な男の子のために用意された何らかの宗教的な儀礼服のようにすら見える。

窓から射《さ》しこむ朝陽を浴びて、しるふくんは神々しいほどだった。

その姿をぼんやり眺めて――私もどうかしている、いろいろ頭に浮かんだお小言をいったん忘れてしまった。

何だかこの子はたいへん満足そうだし、好きにさせてあげようと思ってしまった。

――複雑な家庭で生まれ育った、可哀想《かわいそう》な子。

私にとってはごく普通の食事や衣服にさえ、おおきな喜びを見いだしてしまうらしい彼のことが、いじらしくて堪《たま》らなかった。

叱りつけてどうなる、ほんのすこし私の気が晴れるだけだ。

誰に見られてるわけでもないし……。いいや、望みどおりにさせてあげよう。

「しるふくん。さっきも聞いたんだけど、何か食べたいものある？」

「ほえ？」

しるふくんはお説教されると思っていたのか、びくつきながらこちらを見ていたが――私が何も気にしてない素振りで問うと、驚くぐらい輝かしい笑みを浮かべた。

「えへへ。何でもいいです、うしおさんの料理なら何でもご馳走です」

「う～ん。『何でもいい』がいちばん困る。それにあんまり食材ないから、たいしたものは作れないよ。目玉焼きとかでいい？」

「目玉焼き、食べたことないです。聞いたことはあるんですけど、どういう料理でしたっけ？　卵のやつ？」

たまに聞くだけで胸が締め付けられるようなことを言う、しるふくん。

そんなこの子に、ちっぽけな私が持っているものぐらい、何でもすべて与えてあげたいと思うことの――いったい何が悪いというのだろう。

○　○　○

しるふくんは、私が料理している間も片時もそばを離れなかった。

油が跳ねるから危ないよと言っても、ちっとも聞かずに寝間着にエプロン姿のずぼらな格好の私に寄り添い、興味深そうにこちらの手元を眺めている。

触れている、子供らしい高温。

私のほうが火傷《やけど》しそうだ……。正直、密着されていると料理しづらく、目玉焼きなんか久しぶりに作ったのもあってすこし焦がしてしまった。不甲斐《ふがい》ない。

あとはフランスパンを切って焼いて、付け合わせにサラダでも用意すれば充分か。普段はそんなに手の込んだことはせずに、パンすら焼かずにかぶりついたりするだけなので、私としてはわりと豪華な朝餉《あさげ》になりそうだった。

朝から無駄に労働してしまった感じで、ちょっと疲れてしまうぐらいだったけど。

──まぁ良いか、今朝はお客さんがいるわけだし。

寝起きに軽く動いたお陰か、むしろ気分や体調は良い。しるふくん健康法だ。

そんな益体《やくたい》もないことを考えていると、しるふくんがこちらを見上げて無邪気に告げてきた。

「うしおさん、何か手伝えることはありますか?」

「ん?　いいよいいよ、気ぃ遣わなくても──もうちょっとだから大人しくして待っててね。むしろ、包丁を使いたいからちょっと離れてくれるかな」

冷蔵庫から野菜を取り出しつつそう言うと、しるふくんが不満げな顔をした。それだけでなく、コンロを指先でドラムみたいにぴこぴこ叩くという、謎めいた仕草をした。

えぇっと、それはどういう感情表現なの……。わからない子だ。けれどまぁ、どうも手持ち無沙汰なようだし──この子は放っておくと良からぬ真似《まね》をしでかしがちなので、簡単な任務を頼んでみることにした。

「じゃあ、野菜を洗ってくれる?」

トマトを手渡しながら言うと、しるふくんは目を輝かせた。

「はい!　ばっちり了解です!」

「洗いかた、わかる?　適当でもいいからね～?」

「大丈夫です！　何となくでがんばります！」

何となくなのかよ、と思わなくもなかったが、ちょっと傾きかけていた気がする機嫌が直ったようで良かった良かった。私は安堵して、背伸びをして洗い場の蛇口をひねっている彼から目を離す。

フランスパンを袋から出して、しるふくんに確認を取る。

「しるふくん、パンはどのぐらい食べる？」

「たくさん食べたいです！　分厚く切ってください、分厚く！」

正直すぎる感じに言ってから、しるふくんは「はっ」と何かに気づいたような顔をしてしおしおと萎《しぼ》んだ。

「いや、大丈夫です。ちょっとで良いです、うしおさんのお金で買った食べ物ですもんね……。おれがたくさん食べすぎちゃ駄目ですよね、礼儀知らずってやつです」

たまに卑屈だなぁ、この子。やっぱり無礼であって当然の、この年頃の男の子のようには思えない——自宅や学校で、どういう教育を受けているんだろう。

かなり気になったが、威勢良く言った次の瞬間にしるふくんのお腹《なか》から「くうっ」と彼の本音を物語るようなものが聞こえたので、私は苦笑いする。

「いいよ。たくさん食べて。余らしても黴《かび》を生やしちゃうだけだしね、ぜんぶ食べてくれてもいいから」

「黴、って何ですか？」

知らない言葉があると、しるふくんは即座に聞いてくる。作家としての知識量が試される……。が、私もあんまり物知りなわけではない。

「な、何か悪い、ばい菌みたいなやつ？　植物？」

「そうなんですね？　うしおさんと喋ってると勉強になります！」

しるふくんは私の適当極まりない、たぶん不正確な説明にすごく感心してくれる。あぁ、何だか心が痛むな……。世間の親御さんは常に、こういう日々のちょっとした難問に次々と正解していってるんだろうなぁ、偉いなぁ――なんて思った。

この子の本当の親は、そう名乗るのも失格のようなひとたちなのかもしれないし。

もちろん私も、この子の親代わりになれるなんて思ってはいけないのだけど。

この子が与えられてこなかったものを、すこしでもプレゼントしてあげたかった。だってさぁ――神さま、しるふくんはこんなに良い子なんだよ。

世界のすべてを救う、ライトノベルの主人公のようにはなれない。

誰かを愛することに、人生のすべてを擲《なげう》つBL小説の理想的な男たちのようにも。

それでも。ほんのすこしでも、せめて私のできることを。

○ ○ ○

「いただきます！」

「はい、どうぞ」

そう私が促した直後には猛烈に食べ始める、しるふくん。

相変わらず美しい見た目のわりにお行儀が悪いのだが、私もそんなに褒められたものでもないし。幼少期にあんまり躾《しつ》けてもらえなかったので、一時期――同居していた祖母に事あるごとに叱られていたっけ。茹《ゆ》で卵《たまご》の剥《む》きかたが悪い。お箸はそう握るんじゃない。

作家をしていると、どうしても遠くなっていく日常的なそういう思い出が、不思議といくつも脳内に反響していった。自分が今どこで何をしているのか、一瞬わからなくなる。

――華菜《ひいな》ちゃん。

いつも皺《しわ》だらけの顔をさらにくちゃくちゃにして笑っていた、おばあちゃん。

――そんなんだと、あんた、お嫁の貰《もら》い手がなくなるよ。

将来の夢はお嫁さんだなんて、前時代的で馬鹿みたいなことを望んだ記憶すらないのだけど、何だかそう言われて全人格を否定された気分になったのを覚えている。

誰にも愛してもらえない、結ばれないのはたぶん、きっと寂しい人生だよね。

今でもまだ、ＴＶなどで描かれるそんな『普通の、幸せな家庭』に自分の座る席があるようにはまったく思わないのだけど。期待してもいないの、だけど。

それに近いものは今、私の目の前に存在している気がする。

不思議だね、おばあちゃん。

「美味しいです！　やっぱり、うしおさんは料理の天才です！」

しるふくんが何度も褒めてくれるので、私もちょっとそんな気になってくるのが変な具合だ。まぁ、どんなことでも誰かに喜んでもらえるのは悪いことではないはずである。思いつつ、私はまだ胃が動いていないのか食欲がなく、珈琲《コーヒー》を煎《い》れる。

ガガガガ、と豆が挽《ひ》かれるけっこう過激な音が響き、しるふくんがビクッとした。

「すごい音……驚いちゃいました、道路工事ですね！」

「うん。道路工事ではないね」

言わんとすることは何となくわかるけど。

私もだいぶ、これまでの人生であんまり関わってこなかった得体の知れない生命体――子供との会話に、じりじりとでも慣れてきた気がする。

慣れちゃ駄目、な気はするけど。

この子のことを愛《いと》しく思えば思うほど、いつか必ずくるお別れがつらくなるだけ。

儚い気分になりつつも、珈琲が完成したので手早くカップに注ぐ。熱いうちに一口だけ口に含み、私の人生になくてはならない栄養素――カフェインを摂取する。

うん。だいぶ、頭が醒《さ》めてきた。

今の今まで、半ば寝ぼけていたというか、夢を見ている気分だったし。

「それ、珈琲ってやつですよね」

物珍しそうにこちらを見ながら、しるふくんが宇宙人みたいなことを言う。

「飲み物ですよね？　すごく苦いって聞きますけど、何で飲むんです？」

何でと言われても……。香りが好きだからかなぁ、いつの間にか習慣になっていただけなので飲み始めたきっかけは覚えてない。こういう嗜好品《しこうひん》は、知らぬうちに我らの日常に染みこんで、我が物顔で居座っているものなのだよ。

などと滔々《とうとう》と説く気にもならず、私はカップをしるふくんの顔に寄せる。

「しるふくんも、飲む？」

促してみる。間接キッスになっちゃう、などと寝ぼけるような年齢でもない。

お互いに。

「あっ、興味あります。いただきます」

ちいさなお手々でカップを受け取り、しるふくんが恐る恐る口を近づける。いや、そんな覚悟を決めて飲むようなものでもないんだけど——。

「うぐう」

しるふくんは一口だけ飲んで、ちょっと涙目になってカップを下ろした。

その拍子にちょっと黒い液体が跳ねたので、私はテーブルに置いておいたティッシュでそれを拭いつつ謝った。

「ごめん、やっぱり子供には苦いよね」

「というか熱かったです、味わかんないです。ちょっと冷まします、ふうふう」

しるふくんにも男の子らしいプライドがあるのか、珈琲が飲めなかったのが悔しかったらしく、しばらくカップを口に運んではすぐに下ろす、無駄な試みを続けていた。

かわいくて、いつまでも見ていたくもあったけど。

「飲めないなら無理しないで、カップ返して」

ひとりぶんしか珈琲豆を挽かなかったので、しるふくんがカップを抱えたままだと私としてはカフェイン不足なのだ。毎日、一定量を摂取しているものが体内に入ってこないと不安になる。

そういう意味では、そろそろニコチンを摂取したいのだけど。

さすがにピンク色の肺をしているだろう子供の前で、ぷかぷか煙草《たばこ》をふかすのは問題がある気がした。私もしるふくんのことを言えないぐらい、変なプライドの持ち主だ。

しばし、私がカップを取り返そうとして伸ばす手を、しるふくんが大袈裟《おおげさ》に避《よ》けるという、まことに非生産的ながらも楽しい行為をして――。

並べた料理もおおかた平らげたので、さて、と私は居住まいを正す。

このまま程良く幸せな雰囲気のまま、食事を終えてもいいのだけど。

やっぱり、ちゃんと言うべきことは言わないと。

「しるふくん」

私の気配が変わったことを察したか、しるふくんも「はい」と応えてやや怯《おび》えたように身を竦《すく》ませた。この子、基本的に無邪気でわりと元気なのに、なぜかときどき臆病っぽい振る舞いをするよね……。

叱られることを、嫌われることを極度に恐れるような……。

何でだろう、と考えるとあまり愉快ではない推測に辿《たど》り着きそうだったので、私は首を振ってそちらの思考をいったん棚上げし――ちいさな彼に向き直る。

「何度も言うようだけど。あんまり勝手に、私の部屋に入ってこられると困るよ。べつに迷惑ではないけど、やっぱりこう、世間的にはあまり良くないとされることだから」

世間的って何だ、自分。お喋りが下手か。

下手だけど。それでも、ちゃんと伝えないと。

このまま、ぐずぐずと済《な》し崩し的に、この子と平和に過ごすのはやはり駄目だろう。寂しい話、私はこの子の親でもなんでもない——単に隣で暮らしてるだけの、赤の他人なのだから。この子のことがかわいいけれど、できることはすくないのだから。

○ ○ ○

「せめて」

けれど。何度か同じようなお小言を述べてもあまり意味がなかったことは、奇《く》しくも今まさに実証されているので、ちょっとだけ戦略を変えることにする。

「突然、こっちに遊びにくるのはやめてね。びっくりするから。今朝なんか心臓が止まるかと思ったんだよ、朝起きたらしるふくんが一緒に寝てて」

「ご、ごめんなさい」

しるふくんは話の流れがわからないのか、わずかに首を傾げながら語った。

「最初は、ベッドの隅っこのほうで寝ようと思ったんです。でも寒くなっちゃって、眠ってるうちに無意識っていうんでしょうか――いつの間にか、うしおさんに抱きついちゃってました。ごめんなさい、寝るのに邪魔だったですよね」

「そうじゃなくて」

微妙に会話が噛《か》みあわない。難しい。

「そもそも、何で私の部屋で寝ようと思ったの。自分のおうちで眠ってね、普通に」

そこまで言ってから、ふと思い出す。親から常識的な扱いを受けていないらしいこの子は、あの狭苦しい物置を私室にしているのだ。お布団も敷かれていない硬い板張りの空間で、これまで、たぶん身体を丸めて寒さに凍えながら眠るしかなかったのだ。

あったかい布団に恋い焦がれても、ちっとも変ではない。

そう思って、私は今後、この子が私のベッドに潜りこまないで済む方策を思いつく。

「あの。自分のところで寝にくいなら、お布団とか貸すよ。枕も。それでも寒いなら、寝室の暖房の温度を高めに設定しとくから」

私の部屋と隣室は『穴』で繋《つな》がっているのだ、エアコンをきかせればたぶん向こうのおうちも温まるはずだ。

しるふくん以外の隣室の住人、まだ顔もはっきりとはわからない（ゆえにこそ、想像のなかで恐ろしい存在に化けていっている）親御さんに、不審がられるかもしれないけれど……。未《いま》だに物置の『穴』に気づいてもいないようだし、たぶん大丈夫のはず。

お布団の予備はないけど、必要なら買ってきてもいいし。私は諸事情あって赤貧に喘《あえ》ぐ身の上だが、あれならそのうち発売されるだろう私の新刊の印税を前借りしてもいい。

毎阪《まいさか》さんなら、事情を聞かずにこちらの要望を聞いてくれる気がする。

彼女には昔、ほんの触りだけだけど、私がお金に困っている理由を話したこともあるし……。たぶん、そのへんが理由だと察してくれるはず。

「うしおさんは――」

慣れないお金の計算をしていると、しるふくんは儚げに長い睫《まつげ》を揺らした。

「おれと一緒に寝るの、嫌ですか？　ですよね、気持ち悪いですよね……？」

「き、気持ち悪くはない、よ？」

なぜか彼が酷く傷ついたような顔をするから、私は必死で言い募る。

「ぜんぜん大丈夫。むしろ、しるふくんはかわいいから……。あなたが嫌いとかじゃなくて、余所《よそ》のおうちの子と一緒に寝るのは倫理的に良くないっていうだけで」

「倫理的、って何ですか？　それは大事なことですか？」

納得いかないのか何なのか、しるふくんは眉間《みけん》に皺を寄せて不満げになる。

いやうん、大事だよ倫理は……。人間として守らなきゃ駄目なラインなんだよ、それを忘れたら動物と同じだよ。社会生活を営むに足る存在、人間だと認められなくなるよ。

すでに半ば引きこもりで、作家というほとんど虚業みたいなものを生活の基盤にしている私は、ぜんぜん社会的な人間ではないけれど。それはそれ。やけっぱちになって、どこまで落ちてもいいや――なんて開き直れるほど強くはないのだ。

最低限の人間性ぐらい、保たせてほしい。

しるふくんは、かわいくて可哀想だけど……。そんな彼のために、すべてを擲つような度胸は私にはまだなかった。私は、意気地なしだ。

無駄に凹《へこ》んでいると、しるふくんはまだ拗《す》ねた顔で質問を重ねてくる。

「うしおさんは、おれのことが嫌いですか？」

「き、嫌いとか好きとかじゃなくてね」

ぜんぜん色っぽい意味はないだろうけど、苦手な話題なので私はドギマギする。

「おれは」

そんな私に、何を思ったのか、しるふくんが不意に立ち上がって歩み寄ってきて……。

何事かと身構えた私の手を取って、無防備になった私の首筋に顔を近づけてくる。

「うしおさんのこと、大好きです」

そう言いながら、彼が何度も、小鳥が啄《ついば》むようなキスをしてきた。

私の首に。吸血鬼が血を吸うみたいに。

あるいは、その仕草は授乳にも似て――。

いやいや。

「な、何をするの急に!?」

どうにかして、しるふくんを両手で押しのける。

出会ったばかりのときもキスされたけど、最近の若い子のなかではそんな挨拶《あいさつ》が流行《はや》ってるのかなぁ……。それとも彼は、ほんとに妖精さんの国からやってきたのか。

理解できない子、しるふくんは名残惜しそうに舌を伸ばして私の肌を「ぺろっ」と舐《な》めてから、わずかに遠ざかってくれた。

やめてよね……。私は朝ご飯じゃないから。

などと思いつつ、自分でもわかるぐらい顔を紅潮させて、私はしるふくんを見る。彼を押しのけた手を、己の胸元に戻して――初心《うぶ》な小娘みたいに慌てながら言った。

「いけないんだよ、こういうのは」

「こういうの、って何ですか?」

しるふくんは、美しいからこそ酷薄に見える冷えた表情で――つぶやいた。

「これが、『大好き』ってことでしょう? おれに、お母さんがそう言ったんですよ?」

その言葉の意味が、火花みたいに私の脳裏で瞬いて……。
理解した瞬間、全身がぞっと冷えた。
「あれは嘘だったんですか？　お母さんは、やっぱりおれが嫌いなんですか？」
「………」
私は、しるふくんを無言で見つめた。
あまりにも綺麗な、妖精さんか天使さまのような、人間離れした容貌。
あぁ、カザミさん……。かつての、私の唯一の恋人よ。
この子も、あなたと同じなのか。
美しすぎるからこそ、人間あつかいをされなかった。
醜悪な、他人の欲望に翻弄《ほんろう》されながら——。
それを諦めて受け入れるしかなかった、『悲劇のヒロイン』なのか。

○　○　○

その日の遣り取りは、それでお終《しま》い。
私はしるふくんの置かれている立場が、こちらが勝手に考えていた以上に悲惨なものなのかもしれない……という恐ろしい想像に取り憑《つ》かれ、かつての恋人のこともそこに関連づけて鬱に陥り、具合まで悪くなってきてそれ以上は何も考えられなかった。

かといって。無垢《むく》に擦り寄ってくる、しるふくんのことを拒めもせずに……。

辛うじていくつかの条件を提案し、しるふくんに合意してもらうことで妥協した。

まず、しるふくんが私の部屋に来たいなら、来てもいいと許可を与えた。

ただし。まずは『穴』の向こうで私に呼びかけてもらい、私が返事をして入室の許可をした場合に限る、という条件をつけた。

さらに。たとえ私がＯＫしても、こちらの用意が済んで『良いよ』と言うまでは決して踏みこんでこない――ということも約束してもらった。

つまりまぁ、私の部屋への来訪を許可制にしたのである。

私は、予想外のことに弱い。びっくりするのは大の苦手だ。だからせめて、心の準備ぐらいはさせてほしい――という情けない提案である。

べつに、しるふくんのことが嫌いなわけではないし。

憐《あわ》れな境遇らしい彼のために、できるかぎりのことをしてあげたい……とは思う。

だからこその妥協案、私と彼との間で交わされた条約だった。すでに傷だらけだろう彼をこれ以上は打ちのめさず、それでいて私が耐えられるぎりぎりの許容範囲を示したのだ。

放置もできない問題に、それで一応の決着をつけたつもりだった。

けれど。戦争というものは、妥協させられた時点で負けているのである。

恋も戦争だ。

ううん。私と彼との交流は、まだ恋ですらない名状しがたい不思議な代物だけど。

「お邪魔しま〜す♪」

翌日から、しるふくんは堂々と大手を振って我が家を訪れるようになった。

きちんと『穴』越しに私に呼びかけ、許可を得てから。つまり約束を破っていない、悪いことはしていないという確信が、この男の子を大胆にさせた。

今まで以上に、人懐っこくもさせた。

拒絶されなかった。嫌われてなかった。いつでも、許可さえ得れば私の部屋に遊びにきてもいいのだ——という事実がはっきり示されて、しるふくんは大喜びした。そして積極的に、まったく躊躇《ちゅうちょ》なく自分が勝ち取った権利を行使しつづけた。

勝ち取ったというか、私が安易にあげちゃったわけだけど……。

ちょっと後悔している。

しるふくんが寝床に潜りこんでくることはなくなったが、隣室でこちらの様子を窺《うかが》ってでもいるのか、朝——私が目覚めるとしるふくんが呼びかけてくる。

──そっちへ行っても良いですか？

私は断る理由を探すが、たいてい見つからない。

ので、了承する。

しるふくんがやってくる。

どこか勝ち誇ったような顔で。

その後は、彼が通う小学校に遅刻しないぎりぎりの時間まで我が家に居座り、朝ご飯をご一緒したりして、しばらくすると「お邪魔しました」などと言って去って行く。

その後は、だいたい夕方ぐらいまでは平穏だ。

けれど。放課後になったらすぐ帰宅して我が家に来たいらしく、しるふくんは自宅に帰ると早々に『穴』の向こうに顔を覗かせる。

そして、またこう言う。

──そっちへ行ってもいいですか？

またも断る理由を探す私だが、たいてい、そのぐらいの時間帯には執筆に疲れ果てて頭も回らない状態で……。疲れ切っていて癒《いや》しが欲しく、また人恋しい気分だったりして、わりとすんなり了承してしまう。いいよ。おいでおいで。

しるふくんは、喜色満面で飛びこんでくる。

毎日、そんな感じだ。

これまでに一度だけあった週末の間は、ほぼ朝から晩までずっと一緒にいた気がする。三食、しるふくんとふたりで食べた。美味しかったし楽しかったけれど、罪悪感のようなものは堆《うずたか》く積もっていった。

良いのかなぁ、大丈夫なのかなぁこれ……。常にそんなふわふわとした後ろめたさが頭にちらついたが、幸せそうな彼を見ていると何だかどうでもよくなってくる。

まぁいいか、誰に迷惑をかけているわけでもないし。

そうは思うのだけど、なかば同居しているような状態になってしまい、そうなると必然的にいろいろトラブルも生じてくるのだった。

○　○　○

いちばん困った出来事は、しるふくんが常に一緒にいた休日に起こった。

そのとき、私はいわゆる一般的な『休日』がない職種なので仕方ないのだが、仕事部屋でノートPCに向きあって仕事をしていた。世間のみんなは優雅に休んでいるのだと思うと悔しいものの、そのぶん好きなときに休める仕事なのだから文句も言えない。

ともあれ。これは期待してもいなかった事態なのだけど、しるふくんが遊びにくるようになってから——えらく仕事が捗《はかど》るようになった。

私は他人の気配がすると集中できない、喫茶店などではとても原稿が書けない人間だと思っていたのだけど、意外とそうでもなかったらしい。だいたい常に、大人が格好良い姿を見せるべき子供が近くにいるという状況は、私をそれなりに勤勉にさせた。

だらだらしたくても、できなかったのだ。

ソファでごろごろして漫画読んだり、無為に煙草《たばこ》を吸ったりする姿を見られると恥ずかしい……。背筋を伸ばし、小説家先生ぶって（ぶるも何も、そのものなのだけど）、すいすい執筆してる自分を見せたかった。理想的な自分を。

それに学校から帰ってきたしるふくんが、『お仕事お疲れさまです！』だの『今日もがんばってるんですね、偉いです！』などと労《ねぎら》ったり励ましたり、褒めてくれたりするので——嬉しかった。私のやる気は、かなり高いレベルで維持されるようになった。

原稿は、どんどん進んだ。

私は寡作《かさく》だが、熱中すれば書く速度だけはけっこう速いように思う。

執筆開始時点ですでに〆切を過ぎているような酷いスケジュールだったのに、毎阪《まいさか》さんが的確に私を管理し補佐してくれるのもあって、この調子ならわりと余裕を持って入稿できるかも——と思えるぐらいの進捗《しんちょく》状況となった。

遅れを取り戻せたのだ。

これがしるふくんのお陰なら、彼はほんとに幸福を運ぶ妖精さんだ。その事実だけで、私は彼に愛してるって叫んで百万回もキスしたいぐらいだ。そのぐらい、書けない進まない、〆切に間に合わないという状況は精神を苛《さいな》む。けれど、彼が私をそんな地獄から救い出してくれたのだ。

彼にはそんなつもりはなかったんだろうけど、事実そうだった。

ありがとう、しるふくん。

ちなみに。内容が二転三転して毎阪《まいさか》さんには申し訳ないけれど、私の過去を元にした私小説っぽい筋書きは捨てた。遅々として進まないし、いろいろ気鬱《きうつ》なことを思いだして死にたくなるからだった。

毎阪《まいさか》さんに泣きつき、あくまで実録風にしただけのフィクションを書かせてもらえることになった。いちばん最初の案、忍者ものを考えていたときに組み立てておいた世界観に新たな登場人物と物語を載せつつ、現代風にアレンジしたような代物だ。

そんなふうに言うとわけがわからないが、書いている本人である私には「これだ！」という感覚があった。ばらばらだった糸が繋がり、完成図が見えたのだ。

そうなると、あとは書くだけだ。

頭のなかに浮かんだ物語を、消えないうちに大急ぎで書き留めるだけだ。

そうなると、もう速い。止まらない。むしろ頭のなかで展開する物語を一欠片《ひとかけら》も取り逃さないように全神経を集中し、必死に手繰り寄せ続けるだけ。それは私にしかできない、他の誰にも代わってもらえない。

なぜなら私が、この物語における全知全能の唯一神だから！

物語よ！　私は帰ってきた！

私は神だ！　ひれ伏すがいい、すべてを捧《ささ》げるがいい！　ふははははは！

という具合に、執筆しながら私はどんどん脳内麻薬が垂れ流されてハイになり、細かいことなんかどうでも良くなってしまったのだ。物語のなかに没入し、その日、ずっと同じ部屋で大人しく本とか読んで過ごしていたしるふくんのことも忘れていた。

途中途中で休憩がてら、一緒にごはんとか食べていたのに。

原稿がよく進んでご機嫌な私が変に上滑り気味の話題を振りまくって、それに当惑していたりとか――いつもどこか超然としている彼にしては珍しい顔も見ていたはずなのに。

いざ執筆に戻ると、そういう俗世（？）のことはあっさり頭から吹き飛んでしまった。

だから、つまるところは事故だったのだ。

物語を、区切りの良いところまで書き切って。

私は良い気分のまま、一日の疲れを取ろうとして、予《あらかじ》め沸かしておいたお風呂へと向かった。早く熱いお湯に全身を浸して、あちこちに溜まった凝りを溶かしたかった。あったまったらお酒でも飲もう、久しぶりに一杯ぐらい良いよね今日はたくさん書けたし——みたいなことを考えながら、ぽいぽいと服を脱いで。

鼻歌交じりに、片足を引きずりながら風呂場の引き戸を開いて。

湯船の縁に手を添えて、なぜかバタ足の練習をしていたしるふくんと目が合った。

「………………」

「あっ、うしおさんもお風呂ですか？」

ちょっと驚いたような顔をしてから、しるふくんが小悪魔めいて笑った。

「一緒に入るんですか？　じゃあ、お背中を流しますね！」

「……本当にごめんね！」

私は我ながら断末魔の叫びめいてそう告げると、瞬時に引き戸を閉めて、へなへなと腰を抜かし脱衣所に蹲《うずくま》った。やってしまった。やってしまった。やってしまった……。また、べたべたなラブコメ漫画みたいな失敗を。

ふわふわとした夢心地から醒め、一気に現実感が戻ってきて、驚きと恥ずかしさと混乱で頭がどうにかなりそうになる。なった。羞恥心《しゅうち》に震え、指先も動かせない。見てしまったし見えてしまった、普段、我々が服で隠しているあらゆる秘密の部分を。

相手は子供だ。セクハラだ。わいせつ罪だ。

「うん」

私は何分間か過呼吸ぎみに酸素と二酸化炭素を無為に交換してから、頷《うなず》くと、脱ぎ散らかした服を順番に身にまとう。大丈夫だ。これまでに似たことは何度かあった、しるふくんはまだ幼いからことの重大さを理解してない。私が慌てるだけ、損だ。

平然として、何でもないことのような振りをして、誤魔化して忘れよう。うんうん、そうしよう。そうでないとトラウマになる、絶対。私にとってもそうだし、いきなり赤の他人の裸を見せられたしるふくんにとっても――そうなるかも。

可哀想なあの子に、これ以上の傷はつけたくなかった。

○　○　○

よし、と私は気合を入れる。

服をきちんと着て、洗面台で顔に冷や水を浴びせる。

「……どうしました？」

そうして私がもたもたしてるうちに、しるふくんが怪訝《けげん》そうな顔を見せてきた。

引き戸をわずかに開き、濡《ぬ》れた髪の先から雫《しずく》を垂らして首を傾げている。

もちろん、一糸もまとわぬ全裸だ。私は視界の端にそれをちらりと確認してから、手近にあったタオルを掴んで彼に投げる。

「前を隠してください。隠すものなの、普通は。お願い」

「はい……。だ、大丈夫ですか？　うしおさん、急に入ってきたと思ったら出て行って――何か動かなくなっちゃうし、具合が悪いのかなって心配でした！」

気遣わしげにそう言って、しるふくんはタオルを受け取ると風呂場に戻る。

「平気ならいいんですけど、どっか苦しかったり痛かったりしたら言ってくださいね？　おれ、詳しくないけどがんばって看病とかします！」

「うん……。ありがとう、ごめんね本当に。私、こんなんで――駄目な大人で」

「何で謝るんです？　変なうしおさん！」

また鬱になっている私に、しるふくんは屈託なく言ってくれた。

「うしおさん、ぜんぜん駄目じゃないです！　おれが見たなかで、いちばん立派な大人のひとです！　うしおさんのこと尊敬してるし大好きです、ほんとです！」

もう勘弁して……。というぐらい褒め殺しにしてから、満足したのか息切れしたのか、しるふくんは静かになった。そして、またバタ足でもしているのか、水音が響く。

やや冷静さを取り戻し、ちょっと気になったので私は引き戸越しに問うてみる。

「しるふくん、何でバタ足の練習してるの？　いま冬だし、プール開きはまだまだ先でしょう？」

「？　広いお風呂が嬉しくて！　すごいですよね、うしおさんが一緒に入ってもぜんぜん余裕がありそうです！　入りませんか？」

入りませんよ……。と弱々しく応えつつ、私はお風呂のサイズに喜んでいる彼にいつもの同情をおぼえながらも、ようやく再び動けるだけの気力を取り戻す。同じマンションの隣室なのだから風呂場の間取りも同じではないのか、とすこし引っかかったけど。

いつまでもこの場にいたらまた事故でも起こりそうだし、入浴の邪魔しちゃ申し訳ないし——とっとと退散しよう。そうしよう。

そう決めて、私がよろよろと撤退しようとした——直後だった。

「うしおさんうしおさん、今日のごはんは何ですか？」

またも、しるふくんが当たり前みたいにお風呂場から出てきた。うぎゃあ、と悲鳴が出そうになる。この子はわざとやってるのか、私を困らせるのがそんなに面白いのか。

「おれ、今日はお料理を手伝いたいって思うんです！　教えてくださいね！　ちゃんと覚えて、いつかはぜんぶ自分でつくれるようになりたいです！　毎日、つくってもらって食べさせてもらって——っていうのは申し訳ないので！」

その気持ちは嬉しい。やっぱり良い子だなぁ、と思う。

でも全裸で言わないで。せめて、私が脱衣所から出てからにして。

「……うしおさん？」

私の返事がなくて寂しかったのか、しるふくんが服の裾を引っ張ってくる。

濡れた指先。ほかほかと湯気の立つ、いつもより高い温度。

「………………」

私はふと唐突に思い立って、ちらりと彼を見た。

べつに美少年の裸体を観賞したいとか、それを執筆の参考にしたいとかは露ほどにも思っていない。本当に。

ただ、確かめておきたかった。

彼の肉体に、虐待の痕跡があるかないかを。

「？　何で、じっと見るんです？」

しるふくんは不思議そうに、そんな私を見つめ返してくる。人並みの羞恥心はないのか、まだ芽生えてないのか——身体を隠そうともしていない。まぁ、こんな子供に、そういう目を向けることが有り得ないのでそれはいいのだけど。

ざっと見た感じ、しるふくんの肌に傷跡のようなものは確認できなかった。痣《あざ》なども。

私は自分でも馬鹿みたいだと思うぐらい安堵して、おおきく息を吐いた。

かつての恋人、カザミさんは飼い主（と呼ぶしかないし、本人もそう言っていた）が粗暴な男だったため傷だらけだったが、しるふくんはそれに比べれば——。

私はよっぽど酷い顔をしていたのだろうか、むしろ心配そうにしながらも、しるふくんは「……くしゅ」と軽くくしゃみをしてから、こちらに背を向ける。

「大丈夫そうなら戻りますね。何だか冷えます、もうじき夏なのに」

その不可解な言葉に、私は反射的に疑問を呈しようとした。

いやいや、もうじき訪れる季節は夏じゃなくて冬——。

そんな、つまらないことを言おうとして、私は瞬時に全身を凝固させた。

見つけてしまった。

つるりとした男の子の背中に、本来あってはいけない悪意の痕跡を。

それは、ミミズ腫《ば》れに見えた。真っ赤に膨らんだ、五筋の線。

それが、しるふくんの背中にはっきりと走っていた……。まだ新しい生傷のようで、うっすらと血までにじみ始める。

見間違いじゃない、これは見過ごせない。

「しるふくん」

私は先ほどやられたことのお返しをするみたいに、しるふくんの腰のあたりに手を添えて引き留める。生乾きの、柔らかな肌。すべすべとした手触り。

「この背中の、これ、どうしたの?」

うまく喋れない。深い水の底にいるみたいだった。

あぶくみたいに零《こぼ》れた私の問いに、しるふくんはやはり不思議そうに答える。

「おれの背中に、何かついてます? ちょっと痛いなって思ってたんですけど……?」

言いながら、湯気で曇った洗面所の鏡に、己の背を向けていた。

そして、しるふくんは「げっ」という顔になった。

「何でしょうこれ……。うしおさん、わかります?」

私に聞かれても困る。どういうことだろう、しるふくんには身に覚えがなさそうだけど……。困惑してしまったが、しるふくんが寒そうにしているので、目線でお風呂場に戻るように促した。

この場で私が納得するまで問い詰めても、しるふくんが風邪を引くだけで何の益にもならない気がした。

恐ろしい推測がひとつの具体的な像を結ぶのを、先送りにしたい気もした。私は駄目なやつだ——この子を受け入れた瞬間に、とっくに傍観者ではなくなっていたのに。

物語のなかではない、この現実世界では、私はそんな立場ではいられないのに。

作者でも読者でもない、登場人物のひとりなのに。

意味のある行動が何もできなくて、情けなくって居たたまれない。

私の推測が正しければ。

しるふくんの背中に残っているのは、爪痕《つめあと》だ。

五本の指で、その先にある爪で、力強く引《ひ》っ掻《か》いた痕だ。

どういう状況ならそんな痕跡が残るのか、私は想像できてしまったし——これまでに拾い集めた疑念と結びつけて、明確な結論をくだすこともできたはずなのに。

何も言えず、考えられもせずに、後回しにしてその場から逃げた。

脱衣所を飛び出し、冷えた廊下にしゃがみこんで、途方に暮れた。

どうしよう。洒落《しゃれ》にならない。これが正解であってほしくない。

あの子は——。

しるふくんは、たぶん自分の母親から性的虐待をうけている。

〇〇〇

その日の夜。

しるふくんは、ずるずると居座っていた。すっかりお風呂の熱が冷めてやや寒そうにしながら、寝室の私のベッドに転がって水練のような動きをしていた。

もう間もなく日付の変わる時刻だ。まだ幼いしるふくんにとっては眠気を我慢しきれない時刻だろう、たびたび動かなくなって寝息みたいなのを漏らし始める。

このまま寝られても困る。

私は彼の後に烏《からす》の行水で入浴してから、予定どおりにはお酒も飲まずにパジャマに着替えて、ひたすら思案していた。どうすればいいのか。私に何ができるのか。そもそも私の推測は正しいのか。考えすぎか勘違いではないのか。

そうだったら、どんなにか良いだろう。

けれど。それが甘えた現実逃避であることを、私自身がよく弁《わきま》えていた。

勘違いだったなら、それでいい。でも、そうでなかったのなら見過ごせない。知ってしまった、気づいてしまったのだから、私には責任がある。義理も、義務もないかもしれないけど、ここで見ないふりしてぜんぶ忘れてしまったら一生——後悔する。

私が私を許せない。そうなると、もう生きてはいけない。

「しるふくん。ここで寝ないで、おうちに帰ろう」

しるふくんが寝床を占拠しているので身の置き場もなく、眠かったものの寝ることもできず、私は困り果ててうつ伏せになった彼の長い髪を指先で梳《くしけず》る。

蛍光灯の光を反射して天使の輪っかを浮かばせる、艶《つや》やかな黒髪。

くすぐったかったのか、しるふくんは「ぐぎゅう」としか言い表せない妙な声をあげると、身悶《みもだ》えした。けれど、なぜか寝たふりをしているつもりなのか顔は上げない。

すやすや——と、わざとらしい寝息もどきを口にしている。

「起きてるでしょう、しるふくん」

しるふくんの儚《はかな》い抵抗に折れて、演技を信じてあげる気力もなく、私は彼のちいさな耳をやんわりと抓《つね》る。痛みを与えない程度に、慎重に力加減をして。

「今日はもうお終い。寂しいかもしれないけど、また明日にでも会えるから。ごめんだけど帰ってほしいな、そこで寝られると私は困っちゃうよ」

今日は心身ともに疲れていたので、狙ったわけでもなく欠伸《あくび》がでた。

このままベッドに潜りこみ、寝て起きたら嫌なこと、怖いことはぜんぶ綺麗さっぱり消えていてくれないだろうか。無理だろうなぁ……なんて、馬鹿みたいなことを考えて。

虚《むな》しくて、辛くなって、身を起こしているのも無理で。

しるふくんの横に、寝そべった。

そして不意に愛おしくて堪らなくなって、彼の頭を胸元に抱きこんだ。

私の心音が、ちいさな彼の全身に循環して――ほんのわずかに反響してくる。

「帰りたくない」

温もりを共有し、つい微睡《まどろ》みかけていた私の耳に、そんな言葉が届いた。

しるふくんの、思わず漏らしてしまったのだろう、たぶん本音が。

「帰りたくない。帰りたくない……。うしおさんと一緒がいい、うしおさんといたい」

うん。

と、私は頷いてしまった。

反射的に。

思わず本音が零《こぼ》れてしまったのは、私も同じだった。

この子と一緒にいたいな。笑顔に、幸せにしてあげたいな……。美味しいものを食べさせて、好きな遊びをさせてあげて、震えてしまわないように抱きしめて眠りたい。ずうっと。許されるかぎり、永遠に。

その衝動は抗《あらが》いがたいぐらい巨大で、あまりにも甘やかな誘惑で……。私はたぶん、何もなければすぐにでも負けてしまっただろう。私は強くなんてない。ずっと流されてきて、大事な夢も叶《かな》えた途端に失って、怖いひとや出来事を前にしたら簡単に従って――。

けれど。

抵抗もせずに、諦めて生きてきた。

「ごめんなさい。迷惑かけてます、おれ」

しるふくんは意外なぐらい力強く、不意に起き上がった。

そして私の頭をお返しとばかりに一度だけ、撫《な》でて、こちらに背を向けた。

悪意の爪痕が残った、その背中を。

そして、やっぱりどこまでも私に都合良く、遠ざかって行く。

「うしおさん」

だぁい好き――と、声は出さずに口の動きだけで伝えて。

しるふくんは、ぺこりと頭を下げて。

「帰りますね。お休みなさい、……さよなら」

呆気《あっけ》にとられる間抜けな私を置き去りにして、物置に歩み寄った。

そして『穴』の向こうに、消えていった。

○○○

「ここに、その『穴』があります」


最後に見たしるふくんのちいさな背中を、思い浮かべながら。

私は問題の『穴』がある自宅の寝室へ、一通りの説明を終えた毎阪《まいさか》さんを導いた。

一通り、と言っても内容はだいぶ恣意《しい》的に端折《はしょ》ったのだが。毎阪《まいさか》さんは賢く理解力が高いひとなので――何となく、言わなかった私の真意まで察してくれている気がした。

甘えすぎちゃってるな、毎阪《まいさか》さんはママじゃないのに……。なんて思いつつ、私は先ほどから一言の感想もなく、無言でいる彼女をちらちらと気にしている。

やっぱり、私は親しい友人、どころか世界でいちばん大好きなひとだと思っているものの――世間的には単なる担当編集者でしかない彼女に相談するには、重すぎただろうか。

引かれてしまっただろうか。いや、毎阪《まいさか》さんなら真面目に受け止めて的確に助言を与えてくれるはず。

そう期待したから、彼女に打ち明けたのだ。

ひとりで抱えこむのは、もう無理だった。

私の薄弱な精神が耐えられないし、もしも、しるふくんが私の推測どおりに虐待を受けているなら──一秒でも長く放置することは、決して許されない。

一刻も早く、あのちいさな生命は救出されなくてはならない。

だから。私は微妙な立場にいる私が取り得るなかで、最適と思える方法を用いた。訳あって公権力に頼れない私だが、毎阪《まいさか》さんは違う。彼女に事情を打ち明け、理解してもらい、然《しか》るべきお役所か何かに通報してもらうのだ。

彼女は立派な社会人だし、知識も幅広い。きっと最善の対応をしてくれる。

「物置の壁に『穴』がねぇ──」

毎阪《まいさか》さんが久しぶりに口を開いて、感慨深そうにつぶやいた。

「ここ、それなりに堅牢な物件だと思うんですけど。何で『穴』なんか空いたんでしょう、以前の震災のダメージが蓄積してたんでしょうか」

そういえば、そこは不思議である。うちの建物はべつに安普請《やすぶしん》でもないし、引っ越してきてから物置にはほぼ触ってもいないから、自然には『穴』なんか空かない気がする。しるふくんの側から、蹴っ飛ばしたりでもしたんだろうか。

あの子は、まさに『穴』の空くことになった物置で毎晩──寝ていたようだし。寝惚けたりして、何かの弾みで衝撃を加えてしまったことは充分に考えられる。

まぁ、そこは追及しても詮方《せんかた》ない部分ではあるけれど。

「それはともかく」

もやもやして首を傾げる私のそばで、毎阪《まいさか》さんが彼女らしい快活な笑みを浮かべる。

「話題が話題なんで、あんまり早合点して盛り上がって大事《おおごと》にはしたくないです。悠長に思えるかもしれませんが、まずはある程度——いろいろ確認させてください」

毎阪《まいさか》さんはさすがにすぐ表情から笑みを消し、神妙になって物置の襖に手を掛ける。

「隣室の子が虐待されてるらしい、という牛老丸《うしおいまる》先生の推測だけではちょっと弱い気がします。その子——しるふくんでしたっけ、彼に話を聞きつつ虐待の証拠となり得る背中の傷の写真なんかを撮らせてもらえればと」

毎阪《まいさか》さんは見惚《みほ》れるほどテキパキと、やるべきことを挙げてくれる。

頼もしすぎる。

ちなみに、毎阪《まいさか》さんになるべく嘘はつきたくないが、おおくの事柄を隠している。

私としるふくんの、不思議な交流についてはほとんど触れていない。さすがに事情が事情なので毎阪《まいさか》さんも茶化しはしないだろうが、倫理観を疑われてかるくお説教ぐらいはされるだろうし、恥ずかしかった。毎阪《まいさか》さんに軽蔑されたら、生きていけない。

だから、このように説明した。

ある日、私の自宅の物置に『穴』が空いた。

それで隣室の様子が不本意にも見えるようになって、そこで暮らす男の子――しるふくんが親から虐待されているらしいことを知った、と。

見過ごせなかったが、私は毎阪《まいさか》さんもある程度はご存知《ぞんじ》のとおり、公権力とは接触できない。なので、代わりに通報などをしてほしい――という感じだ。

毎阪《まいさか》さんには何の得もない話なのに、彼女は快く了承してくれた。

そして話を聞き終えた途端に、迅速に動き始めてくれたのだ。

毎阪《まいさか》さんは義憤に燃えているのか、かわいく肩を怒らせながら言った。

「ある程度、証拠を揃《そろ》えておいたほうが確実でしょう。がんばったけど徒労でした、みたいな感じで終わるのがいちばん怖いですしね……万全を期したいところです。子供の命が、そうでなくても健やかな人生なんてものが懸かってるんですから」

そうだ。

尻込みしてはいられない。全力を尽くそう。

賽《さい》は投げられた。もう後戻りはできない。

○　○　○

「お願いします」

私は毎阪《まいさか》さんに頭を下げて、祈った。

ぜんぶ、これで上手《うま》くいきますように。しるふくんが、かわいいあの子がすこしでも救われますように……。余計なお世話や良い迷惑に、なりませんように。

「『隣の家の少女』ですよね。あぁ、フィクションだったら大好物なのに」

毎阪《まいさか》さんは珍しく毒づくようにぼやくと、意を決したのか物置の襖を開いた。

隣室にしるふくんの親が——虐待者がいる可能性も考慮したのか、音も立てずにゆっくりと慎重に。

「ど、どうですか？」

私は物置のなかが見やすいように、そんな彼女の後ろから懐中電灯の光を当てる。

しるふくんは大抵、これまでは物置にいたが（そこが自分の部屋だ、と言っていたっけ……）、今は不在らしい。物置の奥、『穴』の向こうから気配は感じない。

「…………？」

毎阪《まいさか》さんは戸惑った様子で、手を伸ばした。

そして、不思議な動きをした。

『穴』を、私の寝室と隣室の接点を——手のひらで撫でるような仕草をしたのだ。そこに見えない壁があることを表現する、パントマイムのようだった。

何をしてるんだろう、と私は疑問をおぼえた。

「いや、あのう……？」

訝《いぶか》しがる私の顔を見て、毎阪《まいさか》さんは逆に驚いたみたいに何度か瞬きをして。

「先生、どこに『穴』なんてあるんです？」

奇妙なことを、言った。

………。

一瞬、私の思考は停止する。言葉の意味がわからなかった。

だって。あるじゃないか、『穴』が。毎阪《まいさか》さんの目の前に、彼女が手のひらで触れるような動きをしている——まさにその場所に。

ぽっかり空いて、そこにある。

例によって隣室側の襖《ふすま》は閉まっていて、向こうの室内の様子は見えないけど。普段はそこに妖精さんのような男の子がいて、たまたま私と出会って、些細《ささい》で幸せな交流を——。

あ、あれ……？

そうでしょう？

そこに疑いの余地はなくて、ぜんぶ現実に起きた出来事で……？

「先生。……大丈夫ですか？」

毎阪《まいさか》さんが、気遣うようにそう言った。

その声音《こわね》に馬鹿にするような含みが一切なくて、真摯にこちらを案じる心配の響きだけがあったから――私は一気に、わからなくなる。動揺し、目眩《めまい》までおぼえる。

動悸もして。

そのせいで全身に激しく血液が巡ったのか、感覚のないはずの左足が酷く疼《うず》いた。

「本当なんです。嘘じゃないんです、毎阪《まいさか》さんに嘘つくわけない。それも虐待とか、そんな恐ろしいこと冗談でも言わないですよ。信じてください、お願いですから」

私は半ば錯乱《さくらん》して、悲鳴じみた叫びをあげた。

「いたんです！　しるふくんがいたんです、そこに！　その『穴』のなかに……！」

そんな私の、必死な声も。

どうも私にしか見えていないらしい、不可思議な『穴』に吸われて消えた。

CHAPTER—4

# BLACK HOLE

目覚めると、私はそれこそ穴の底のような暗闇のなかにいた。

どうも、いろんなショックのあまり気絶していたらしい……。

深夜のようだ。深々《しんしん》と静まりかえった自宅の寝室で、私は意識を失う前——毎阪《まいさか》さんを迎え入れるために着た一張羅のまま、ベッドに寝転がっていた。

今夜は酷《ひど》く冷えこむ。身体の先端まで血が巡っていない気がして、私は震えながら手探りで毛布と掛け布団を引き寄せる。

そのまま、しばし動かなかった。

物音のひとつもせず、やけに孤独感が身に染みてしまって——。

「う。うう、うう」

私は赤ん坊のように泣きじゃくりながら、あちこち指先で探ったけど。

どこにも、温《ぬく》もりはなかった。

どれだけ求めても願っても、当然、妖精の名を持つあの男の子はいない。

しるふくんは、どこにもいない。

○　○　○

数時間ほど眠ろうにも眠れず、鬱々《うつうつ》と考えこみながら過ごした。

やがて朝陽が昇ってきて、寒々しい室内を照らす。何だか滑稽《こっけい》なことにどんな精神状態でも変わらずお腹《なか》が空《す》いてしまい、私はのっそりと起き上がってダイニングへ向かった。

着替える気力もなく、寝乱れて皺《しわ》だらけになった服のまま。

松葉杖《まつばづえ》を片手に、普段からいつもそうしているように。


「………」


すべてが、夢だったかのようだけど。

しるふくんと過ごした一ヶ月にもやや満たない日々の名残が、あちこちで存在感を主張している。かなり減りが早くてもう欠片《かけら》しか残っていないフランスパン。苦い珈琲《コーヒー》を克服するために、しるふくんが桃色のくちびるを何度も触れさせていたマグカップ。あの子が食べるたびに大喜びするからと、常備するようになったキャラメルポップコーン。

ひとつひとつのエピソードを、幸福感とともに克明に覚えている。

あの子と共有した時間のすべてには、いつだって笑顔と温もりがあった。

でも。

それはたぶん、ぜんぶ私の妄想だったのだ。

あの子は実在しないのだ。

だって、私とあの子の繋《つな》がり——縁が紡がれ始めるきっかけになった『穴』は、どこにもなかった。すくなくとも、どうやら私にしか認識できないようだった。毎阪《まいさか》さんは意味もなくそんな酷い冗談も嘘《うそ》も言わない、そういう状況でもなかった。疑いの余地はない。

おかしいのは、私だった。

ありもしない幻を見ていた。

昔から空想が好きで、だから作家にもなった。そんな私の頭のなかで、何がきっかけかはわからないけど妄想と現実の区別がつかなくなって……。

——ありがとうございます。

——うしおさんは偉いです、すごいです。

——おれ、うしおさんのことが大好きです。

私に都合の良いことばかりを言ってくれる、決して私を傷つけず尊重し慕ってくれる、まるで子供向けの物語に登場するヒロインみたいなあの子を幻視した。

ほんとに、妖精さんだったのかも。

辛い現実を忘れるために、愚かな子供が夢に見る空想上の友達。

私は三十路《みそじ》手前で、肉体だけは成長したけど。

心は、ちっとも育っていなかった。

高校生だったころ。両親を、左足の感覚を、当たり前に享受していた『普通の幸せ』をぜんぶ失ったあのころから——まったく変わっていなかったのだ。

それを理解し実感して、心のどこかで何かが折れた。

「ああ」

私は得体の知れない絶望感に襲われて、喘《あえ》いだ。

「あああああああ」

ふらつき、ダイニングテーブルにしがみついて噎《むせ》び泣いた。

ずいぶん長い間、そうしていたように思う。もちろん気楽な作家業だから、そんなふうに時間を無駄にしていても誰も何も困らない。叱ってくれるひとなどいない、私なんかいてもいなくてもどうでもいい。最初からそうだったのに、ずっと忘れていた。

あの子が——。

私なんかでも役に立てていると、すこしでも喜ばせてあげられていると錯覚できるぐらいに、いつも私を見て——求めてくれるあの子がいたから。

失ってから初めて、私は、私のなかであの子の存在がどれだけおおきくなっていたかを自覚した。今さら遅いのに。魔法は解けて、夢から覚めてしまったのに。

「——しるふくん！」

恥知らずなぐらいの声量で、私はあの子を必死に呼んだ。

もちろん、返事はない。

「…………」

項垂《うなだ》れて、もう指の一本も動かせず、私はテーブルにもたれかかったまま重力に負けて床に膝《ひざ》をつく。そこで、ふと気づいた。

テーブルの上に、書き置きがある。

かなりの努力をして、そこに記されている文字を読む。

『牛老丸《うしおいまる》先生へ』

見覚えのある、まるっこい女子高生みたいな文字。

あぁ、毎阪《まいさか》さんからの置き手紙か。

そういえば、意識を失う前は彼女と一緒にいたのに――いつの間にか姿を消している。

たしか今日は休日だけど、急な仕事でも入って毎阪《まいさか》さんは職場へ向かう必要があったのかも。いつまでも筆が遅く泣き言ばっかりで、おまけに変な幻覚まで見始めた私の相手なんかしてられないだろうし。

毎阪《まいさか》さんはママじゃない。家族でも恋人でも、たぶん友達でもない。

でも。

毎阪《まいさか》さんは、私が思っていた以上に善良なひとだった。

○　○　○

書き置きには、こう記されていた。

『ごめんなさい。わたし、牛老丸《うしおいまる》先生を追い詰めていたんですね。

いつも〆切〆切って連呼してお尻を叩《たた》いて、せかして……。自分の編集者としての仕事のことばっかり優先して、先生を苦しめていることに気づきませんでした。

売れてるからって、先生が本来、書きたくないものを書かせようと強要して。

うまく導くこともできず、自分の理想ばっかり押しつけて。

でも。それは先生には負担でしたよね、しんどかったんですよね。

わかります。

ううん。

一度は同じ作家だったわたしだけは、わかってあげなくちゃいけなかったのに。

編集部と相談して、新刊の発売日を延期するなり企画そのものを再考するなり、できるかぎりのことはしてみます。

最悪でも、先生のなかにまた『書きたい』という意欲が湧いてくるまで待ちます。

なので、ゆっくり養生してください。

先生はよく眠っていたようだし、置き去りにするのは忍びなかったんですが……。いったん編集部との交渉などもしなくてはいけないし、いつまでも居座るのもご迷惑な気もしたので、失礼させていただきます。

お医者さんとか、呼ぶべきかなとも思ったんですけど。

先生は警察とかの行政機関などに、あまり接点を持ちたくないようなので、よく考えた上で今回は避けました。お医者さんを呼ぶの、大丈夫かわからなかったので。

心配して手を打ったつもりで、さらに追い詰める結果になったら、わたしは本当に救い難い馬鹿ですから。

ただ、ほんとに一度、ちゃんと診察は受けてくださいね。

すぐにまた、後ほど様子を見に参ります。

ご自愛ください。

わたしは、先生の味方です。

何かお困りのことがあったら、いつでも気軽に相談してくださいね。

ぜんぜん迷惑じゃないですから。作家は、いつでもファンの味方です。

わたしの、もう偉そうに名乗れない毎阪幸広《まいさかゆきひろ》という作家のファンは、世界中を探したって――たぶん今は、あなたぐらいしかいませんから。

だからこそ、あなたのことを大事にしたい。

あなたが幸せになれるように、すこしでも何かがしたいです。

いつでも頼ってくださいね、先生。

編集者として、元・作家として、ひとりの人間として――。

あなたの、ちからになりたいです。

毎阪幸広《まいさかゆきひろ》』

…………。

私はその文章を、たっぷり時間をかけて上から下まで読み切った。

しばし、陶酔にも似た感慨を得てぼうっとしてしまった。

毎阪《まいさか》さんは現役時代、ものすごく難解な文章を書くことで界隈《かいわい》では有名で、だから一般読者には敬遠されがちだったのだけど。私は、普通に生きていたらまったく覚える必要がない難読漢字やきらきらしい慣用句を駆使し、独自の世界を描いていく毎阪《まいさか》さんの大ファンだった。アマチュア時代、何度も真似《まね》して小難しい表現を用いてみたものだ。

今でもたぶん、毎阪《まいさか》さんはその気になればそういう文章も書けるんだろうけど。

この書き置きの文章は、飾らない素朴な文体で、だからこそ作家ではなくひとりの普通に社会で生きる女性である毎阪《まいさか》さんの本音がでているようで、何だか胸に染み入った。

無性に泣けてきたが、今度は哀《かな》しみや苦しみが理由ではなかった。

ありがたくって、涙が溢《あふ》れる。

そんな経験、久しぶりだった。

両親を失って預けられた先で、おばあちゃんに抱きしめてもらえたとき以来だ。

私は、やっぱり毎阪《まいさか》さんが大好き。謝る必要なんてないのに、私の頭が変になっちゃったせいで要らぬ気苦労をかけただけなのに。思い詰めて、心配して、それだけじゃなくて自分にできるかぎりで――今もたぶん行動してくれている。

実際、何も関係ないのに。

私だって、べつにそこまでは求めてなかったのに。

毎阪《まいさか》さんは、私のために全力を尽くしてくれている。そんなひとが、たったひとりでもいると信じられるだけで――生きていける。

全身に、わずかに活力が戻ってくる。

目元をぐしぐしと手の甲で擦り、テーブルを支えにして立つ。

「……………?」

そこで、不意に気づいた。

先ほどまではへたりこんでいたから、視界に入らず気づかなかったが。テーブルの中央に、ちいさな水色の付箋が貼られている。

毎阪《まいさか》さんが残したものだろうか。付箋は、編集者の七つ道具だし。

そこに、書き置きには入りきらなかったのだろう追伸が記されていた。

『すみません、あとひとつだけ。

本当なら、ずっと先生に寄り添って看病とかすべきだったんでしょうけど。

ちょっと気になることがあったので、その件について調べてきます。

わたしの勘違いという線も濃厚なので、まずはいろいろ確かめてから、必要がありそうでしたら後ほどご報告しますね。　坂下《さかした》』

……………？

内容はともかく、律儀に記された署名に一瞬だけ戸惑う。

坂下《さかした》？　誰だろう？　この付箋は毎阪《まいさか》さんが貼ったんじゃないのか？

いやでも、筆跡は同じだし……。などと考えてから、ふと思い当たる。もしかして、坂《さか》下《した》というのが毎阪《まいさか》さんの本名なんだろうか。

見た感じ走り書きで、めちゃくちゃ急いでいたような感じがするし、ついうっかり筆名じゃなくて本名を書いちゃった……のだと思う。

私は今は本名で作家活動をしてるけど、むかしライトノベルでデビューしたときは珍妙な筆名をつけてたから、そういうミスをよくした。筆名で呼ばれても自分のことだとわからずに、反応できなかったりとか。

まぁ、どうでもいいことではあるけど。

毎阪《まいさか》さんの秘密をこっそり知ったような気分で、無駄にどきどきした。

「…………」

深呼吸する。毎阪《まいさか》さんの気遣いに触れてだいぶ癒《いや》されて、落ち着いてきた実感があった。

意識もはっきりしてきたぶん空腹感が耐えがたくなってきて、私はとりあえずフランスパンの切れ端を袋から取り出して、焼きもせずに囓《かじ》った。

もぐもぐと、食べる。

それだけでかなり満腹感があり、だからこそ違和感をおぼえた。

何だか冷静に考えてみると、変だ。

しるふくんは、信じたくないけど——たぶん私が夢見ただけの幻覚だったのだろう。

でも。じゃあ、あの子のために振る舞った料理とかはどこに行ったのだろう。私が無意識に合理的な解釈をしていただけで、私が二人ぶん食べてしまったのだろうか。

いやでも、そんなには食べられない。普通に、日頃から私は粗食なほうだから。

しるふくんが食べた、という脳内設定にしてゴミ箱とかに捨てたのだろうか。

そう思い、いちおう確かめてみるか——と部屋の片隅にあるゴミ箱へ目を向ける。

その瞬間だった。

「——うしおさん！」

もはや懐かしさすらおぼえる、あの子の声が聞こえた気がした。

〇〇〇

もちろん、私は面食らった。

幻聴すら疑った。

けれど。再びあの子の姿を見て、言葉を交わせるかもしれないと思うと居ても立っても居られず——慌てて、私にしか見えないらしい『穴』がある寝室へと向かった。

不自由な左足が、半ばずっと宙に浮くぐらいの大急ぎで。

そして事前の取り決めにより、常に開け放っている寝室の扉へと辿《たど》り着く。

うちのマンションはかなり防音がしっかりしているので、扉を開けておかないと声が通らないのだった。

しるふくんと約束し、彼が入室の許可を求めて私がＯＫした場合にかぎりその来訪を受け入れる、としたのは良いものの……。私はたいてい仕事部屋のほうで作業をしているし、彼がこっちに遊びにきたいと思っても、声が届かなくては難しいから。

いくらかの試行錯誤の結果、私は屋内の扉を常に開けておくことにしていた。

それはいつの間にか習慣になっていたから、今日も扉は開いたまま――。

しるふくんの声音《こわね》が、明瞭に届く。

「あれっ、うしおさん？　お留守ですか？　でもまだ、こんな朝早いのに……？」

「しるふくん！」

私は軽く息切れしつつ、我ながらみっともないぐらい必死にその名を呼んだ。

視線の先。

これも襖《ふすま》を開けたままにしている物置のなか、『穴』の向こうに――。

しるふくんがいた。

「わっ、びっくり……。ど、どうしました？」

異様に必死な私の様子に戸惑ったのか、しるふくんは小首を傾《かし》げている。

以前と何も変わらない、美少女のように愛らしいその見栄え。彼も寝起きなのか、艶《つや》やかな黒髪はあちこち飛び跳ねている。その美貌が宝の持ち腐れになっている、やや薄汚れた服装も記憶のとおり。

しるふくんだ。

しるふくんがいる……。

何となく、彼が幻覚であると理解した瞬間から、彼が消えてなくなるような気がしていたのに。よくある物語では、大抵そうだし。

でも。べつに、そんなルールはなかったらしい。実際、私の脳神経か精神が病んで幻覚を見ているのだとしても……。治療を受けたわけでもないので、以前と同じように彼のことが見えても変ではないのかも。

やっぱり、この目にははっきり見える。その声も鼓膜を震わせる。とても夢や幻とは思えない。どういうことなんだろう。それとも本当に頭が変になってしまった場合、幻覚もこんなふうにリアルに感じられるんだろうか。

ううん。何でもいい、私がおかしくなっちゃったんでもいい。

この子と、また会えた。

「あのう。うしおさん、またそっちへ行って良いですか?」

しるふくんはもはや涙ぐんでいる私に、じゃっかん不思議そうな顔をしながらも、いつもの台詞《せりふ》を口にした。私とこの子の間に取り交わされた、約定どおりの合い言葉を。

私は声もだせずに、何度も頷《うなず》いた。

いいよ。もう、何でもいい……。入室許可を求められて受諾する、なんて段階すらももどかしい。私は松葉杖で床を突き、半ば転びそうになりながら彼の元へ歩んだ。

そして、手を伸ばす。

「あっ、大丈夫ですよ。おれ、ちゃんと一人で出られます」

慣れたそぶりで、微妙にこちらの意図を誤解しながら、しるふくんが『穴』から出てくる。『穴』は相変わらず広がり続けており、ちいさな彼がそれを潜《くぐ》り抜《ぬ》けるのにまったく支障はない。

「お邪魔しまぁす」

鳥が巣立つときみたいに、しるふくんは全身を使って飛び出してくる。

私は思わず、そんな彼を伸ばした手で掴《つか》んで、抱き寄せた。

しるふくんは「わうっ?」と変な声をあげて、目を白黒させている。

触れる……。やっぱり、この子は実在しているようにしか思えない。熱を、鼓動を感じる。これがぜんぶ錯覚だなんて信じられない、しるふくんが幻だなんて——。

「しるふくん」

呼びかけると、しるふくんは元気よく手を挙げた。

「はい！　今日はエビピラフが食べたいです！　給食で出て美味《おい》しかったので！」

事あるごとに尋ねているので、私が今朝は何が食べたいか聞きたいのだと勘違いしたらしい。最近この子は本当に遠慮がなくなってきて、それはとても嬉《うれ》しい。

仲良くなれたみたいで……。

どれだけ幻覚と絆《きずな》を結んでも、現実においては何の価値もないのだけど。それは、ゲームの登場人物の好感度を稼ぐのと同じぐらい空虚なことだ。

たぶん世間のひとが知ったら眉をひそめる、不健全で異常なことでもあるだろう。

それでも。

「わかった。朝からエビピラフってどうかと思うけど、腕をふるう」

私はしるふくんを抱きしめたまま、全力でそのリクエストを請け負った。任せておいて。何でもしてあげる、何でも与えてあげるからね。

感極まってしまっている私の言葉を、しるふくんは無邪気に喜んでくれた。

「優しい～！　嬉しいです、うしおさんが大好き……♪」

耳元で響く、いつもの純粋な愛の言葉。

親を失い、恋人と別れ、めっきり聞かなくなってしまった――こんな私を、ぜんぶ肯定してくれる言葉。

それを聞くだけで、全身がでろでろに溶けちゃいそうなぐらい、幸せ。

しるふくんと触れあって、何気ない会話をするだけで満たされる。

たくさんのものを、しるふくんは与えてくれているのだ。

だからこそ――私は全身全霊で、その望みを叶《かな》えてあげたかった。

実際、それのいったい何が悪いというのだろう?

○　○　○

それから――。

後々に思い出すと赤面するぐらい、私の箍《たが》は外れてしまった。

しるふくんと再び会えたのが本当に嬉しくて堪《たま》らなくて、あれほど大事だよと大人ぶって繰り返していた倫理観というものを忘れ去り、べったべたに彼を溺愛《できあい》した。

文字どおり、溺《おぼ》れて愛した。

「しるふく〜ん!　エビピラフが完成したよ、どうぞ召し上がれ〜♪」

文章として記した場合、自分の語尾に『♪』がついているのが自覚できる。

文法的にはお行儀が悪い表現とされるけれど、良いんだ――今のこの多幸感は私のなかにある語彙《ごい》では表現できない。星でもハートマークでも何でもいっぱい貼り付けて、しつこいぐらいに飾り立ててもまだぜんぜん足りない。

それに、しるふくんはたぶん私だけに見える幻覚なのだ。

つまり私が日頃、思うがままに書いている小説と同じだ。

もはや常識とか関係ないよ、私がやりたいようにやってしまおう。愛したいように愛してしまおう――彼が実在する可哀想《かわいそう》な児童だったら色々と大人としての対処とか、難しいことも考えなくてはいけなくて気が滅入《めい》るけど。

だからこそ心理的に抵抗感があって、これまでは微妙に距離を縮めることを避けてきたけど。たっぷり懐いてもらえたのにあまり応えられず、仲良くなるのを恐れて身動きが取れなくなっていたけど。

もう、そんなふうに尻込みしていなくてもいいんだ。

だって、この子は幻覚だから！

私だけが認識している、かわいい妖精さんだから！

しるふくんが実在しない、という事実に先ほどまではめためたに凹《へこ》んでいたのが信じられないぐらい、私はいろいろ気が抜けてアホになって浮かれ騒いでしまった。

しるふくんとの交流のなかで使いかたを思いだしてきた表情筋を、だらしなく緩めて
——それこそ頭がおかしくなったみたいに、おおはしゃぎした。

「あ、はい……。どうも、いつもすみません」

変なテンションになっている私に、しるふくんは戸惑うどころかドン引きしている気がしたけど。大丈夫なんだ、だってこの子は私の幻覚なのだから。私に都合の良い反応しかしないはずなのだから、いくら変なところや格好悪いところを見せたって構わないんだ。受け入れて愛してくれるんだ、私の描く小説の登場人物たちみたいに。

「…………」

一瞬、酷く寒々しい空虚さが胸を満たした。

心の真ん中に穴があいて、びゅうびゅうと冷たい風が吹き抜ける。

すべてが馬鹿馬鹿しくなって無性に辛くなって、途方に暮れそうになった。

——ごめんね。天国のお父さんお母さん、おばあちゃん。

——私、どうも知らないうちに、人間として本当に駄目になっちゃってたみたい。

けれど。

「うわぁい、美味しそうです！　やっぱりうしおさんは天才料理人ですね！」

美しいかたちをした幻覚、しるふくんの喜びの声が私のなかの虚《むな》しさをかき消す。

良いんだ、この子が私の想像の産物でも。

私たちは小説や漫画、ゲームや映画、あらゆる娯楽を楽しむことで一瞬だけでもしんどい現実を忘れられる。私の場合はそれが小説と、しるふくんだったというだけだ。

後ろめたく思う必要なんて、ない。

ないはずだ、今はそう思って耽溺《たんでき》しよう。

「しるふくん、お隣に座ってもいい？」

ちょっと苦労して椅子を運び、先に着席していたしるふくんの横に置きながら尋ねてみた。しるふくんは質問の意味がわからなかったのか、「？」という顔をしてから頷く。

「良いですよ！　むしろ何でいつもちょっと離れたところに座るのかなって、わかんなかったし寂しかったです！」

やっぱり私をすんなり受容して、しるふくんはこちらを見上げて微笑《ほほえ》む。

「どうぞどうぞ、おれのお隣は空いてます！　ご案内します！」

「ご案内の必要はないけど、じゃあお言葉に甘えて」

椅子を置いて、ちいさな彼の真横に座る。

並ぶとはっきりわかる身長差に、以前は大人と子供の差を感じて無意味に落ちこんだものだけど……。ちょっと見下ろすだけでこの子のすべてが把握できて、その気になれば包みこんでしまえそうで、いつでもこの子のぜんぶを手に入れられる——みたいな実感が湧き、支配欲が程良く満たされて、私は何だかご満悦になった。

自分でもわかるぐらいニコニコしながら見ていると、しるふくんも釣られたのか満面の笑みになった。

「うしおさん、今日はご機嫌ですね？　何か良いことでもあったんですか？　あっ、ずっと苦労されてたお仕事が終わったとか？」

聡《さと》い子なので自分なりに推測して、しるふくんはそんなことを言った。

「じゃあ、たまにはどこか遊びに行きません？　お外に出たいです！　おうちで本読んだりするのも好きですけど、やっぱり走り回ったりボールで遊んだりもしたいので！」

子犬か。などと思ったが、私も何だかそれは楽しそうに思えた。

それに。この子は小学生の男子だ、部屋に閉じこもっているよりお外を駆け回って遊ぶほうが好きで当然だろう。

私が同じ年頃だったころ、そういえば男子は休み時間になるたびに校庭へ飛び出してバスケとかサッカーとかしてたっけ……。懐かしいなぁ、さすがにもうだいぶ記憶も薄ぼんやりとして色褪《いろあ》せているけど。

私が事故に遭って片足に障害を負ったのは、高校生のころだった。それ以前の両親がいて満ち足りていた毎日と、それ以降の半ば地獄めいた日々の落差が激しくて、何だか幼いころのことは自分の記憶のようにすら思えないのだけど。

他人事《ひとごと》みたいに、遠いけど。

でも。だからこそ、そういう懐かしい幸せっぽいことがしてみたくもあった。

あのころに戻りたいと、望んだって仕方がないことだけど——その空気を束《つか》の間《ま》、味わうぐらいのことは許されるよね。

「外かぁ——良いね、たまにはどっかブラブラしようか」

しるふくんがお喋《しゃべ》りに夢中になっていて、あれほど食べたがっていたエビピラフに手を付けていないので、促すように「いただきます」と言って先に食事を始める。

うむ。ピラフとか初めてつくったし、逆にタイ米とかじゃないと美味しくできないという話を聞いたことがあるけど——空腹も手伝って、なかなかの出来に思える。

子供舌のしるふくんに合わせて、やや私にはくどい気もする濃いめの味付け。

「でも。外で遊ぶっていっても、このへん何もないよね。遊園地とか、そうでなくても観光スポット的なところがあれば良かったんだけど」

己の料理を吟味しつつ、会話を続ける。

——こら。華菜《ひぃな》ちゃん、食事中にお喋りしちゃいけません。

厳しく躾《しつ》けてくれたおばあちゃんのお小言が、わずかに脳内で反響したけど、聞かなかったことにする。ごめんね、おばあちゃん。おばあちゃんが誇りに思えるような子に育たなくて。

○　○　○

「あれっ？　でも、このへんいっぱい遊ぶところがありますよね？」

無駄に心理的に自爆して凹んでいる私を、不思議そうに眺めながら、しるふくんも「いただきます」と律儀に手を合わせて食べ始める。

一口ごとに笑顔で、「きゅう〜♪」としか表現できない、小動物の鳴き声めいたものをあげてくれるのが嬉しかった。どうも、エビピラフをお気に召してくれたらしい。

「も〜！　すっごく美味しいです、うしおさんのことがどんどん好きになります！」

相変わらずお行儀の良くない食べかたで、ひたすらピラフを口のなかに吸いこみ始めた（よく噛《か》んで食べたほうが良いと思うけど）しるふくんに、私は疑問をおぼえる。

どうも彼は食べるのを優先して話は中断させるつもりのようだったけど、ちょっと気になったので問うてみた。

「遊ぶところって、例えばどこ？　しるふくんの行きたいところに連れてってあげたいけど、私の知ってる場所かな？」

子供は、どんな場所でも遊び場にしてしまう……ということなのかとも思ったけど。しるふくんには具体的な心当たりがあるような口振りだったので、引っかかった。

「？　どこにでもありますよね、遊ぶところ？」

微妙に噛みあわない会話に怪訝《けげん》な顔をしつつ、しるふくんは考え考え語る。

「おれは貧乏なので学校とか、公園とかですけど。大人のひとも、あちこちで遊んだり観光っていうのをしたりしてますよね。ほら、とくに温泉の近くとかにいっぱいそういうのがあって――」

「温泉……？」

そういえば確かに、うちの町は震災前はそれなりに発展した温泉地だったけど。

だから、温泉が涸《か》れて寂れた今も、当時の周辺施設とかが残ってるってことかな……。

日頃、あんまり出歩かないのでよく知らない。

それよりも、大事なのは。

「しるふくんは、そういうところに行きたい感じ？」

この子はたぶん、親にはそういうお金のかかるところには連れて行ってもらったことがないのだろう。愛されずに育った、可哀想な子……。まぁ、ぜんぶ私の脳内設定なのだろうけど。

そうだとしても、だったら私が親のぶんまで愛してあげたかった。

何でも与えてあげたかった。

この子が私の幻覚だというなら、私が創りだした小説の登場人物みたいなものだ。ならば色んなものを享受させて、楽しませながら、世界の果てまでだって導いてあげたい。

できるだけ長く、充実した幸せな時間を過ごさせてあげたいな。

「はい！　できれば遠くにあるっていう、でぃすにぃ何とかっていう遊園地にも行ってみたいですけど！」

「『でぃすにぃ』ではないと思うけど、あぁ……あれね。私も行ってみたかったなぁ、子供のころ。でもちょっと遠すぎて、交通費だけでもかなりするから断念したんだよね」

昔から、わりと我慢しがちな子だった。

夏休みとかに家族で遊園地に行った、みたいな話を聞いて羨《うらや》みながらも、両親には何も言い出せなかった。だから空想して、小説のなかで登場人物を遊ばせたりしたっけ。

私にとっては本当に、夢の国だ。

「あぁ、うしおさんも行ってみたかったんですね？　女のひとですもんね？　何か、女のひとが大好きなものがいっぱいあるんですよね？」

しるふくんも曖昧《あいまい》にしか想像できていないのか、ふわふわした語り口だ。

「すっごく興味あります！　うちのクラスのいちごちゃんも一度しか行ったことないはずなのに、いっぱいいいっぱい楽しい思い出を話してたから――」

いちごちゃんって誰だ。

勝手に登場人物を増やさないでほしい。

「だからたぶん、一秒ごとに楽しいことがある感じなんだと思います！　そうじゃなくちゃ嘘です、作り話ですよ絶対！　いちごちゃん、よく夢みたいなことばっかり言うんですけどね？」

「……いちごちゃんっていうのは、お友達？」

我ながら、微妙に声に険があって驚く。

しるふくんに、この私に都合の良い幻覚に、家族以外にも他の異性の知りあいがいるということに――やきもちを妬《や》いてるのか。だとしたら、ずいぶん浅ましい。

知らなかったけど、私はけっこう独占欲が強いのか。

ずっと引きこもって小説を書いてるせいで、自我が未発達なのか。その程度のこと、大人の度量で軽く流せば良いんだろうに。

いつまでもガキだなぁ、私……。

「友達じゃないですよ！」

また無駄に落ちこんでいる私に気づかず、しるふくんはくちびるを尖《とが》らせる。

「あれは敵です、敵！　いっつも意地悪するんですよ、いちごちゃん！　うしおさんとは大違いです、酷いことばっかり言うんですよ？」

しるふくんはよっぽど腹に据えかねているのか、愚痴っぽく語った。

ちょっと意外だ。しるふくんは、負の感情とは無縁そうだったから。でもまぁ人間だもんね、嫌なことを言われたりしたら普通に傷つくし怒る。

むしろ。何があってもぜんぶ我慢しちゃうような子だったほうが、かなり心配だ。そうではないと知って、私はむしろ安心して――つい声をあげて笑ってしまった。

「うしおさん、何が面白かったんです？」

びっくりした顔をしてから、しるふくんは不本意そうに話を続ける。

「おれは面白くないんです！　こないだの音楽のテストのときも、いちごちゃんはおれのリコーダーを取り上げてずっと返してくれなかったんですよ？　返してって何度も言ったのに、ずっと笑いながらピーピーってリコーダーを吹いてて――」

「そ、そういうことは、よくあるの？」

私はちょっとドキッとして、尋ねてみた。

もしかしてご家庭だけでなく、安全地帯なんだろうと漠然と思っていた学校でも、この子は酷い目に遭っているのだろうか……。だったら、可哀想すぎる。

「いえ、おれに意地悪するのはいちごちゃんだけです。あいつだけは敵です、倒します。超むかつく」

頬《ほお》を膨らませて、しるふくんはご機嫌斜めな様子。怒っててもかわいい。

ふむ、いじめとかではないようだし……。何だかそんなこの子の態度を見ていると、意地悪をしちゃう気持ちもわかる気がした。

どうも同じクラスっぽいので、いちごちゃんとやらも小学生だろう。そのぐらいの年頃の子は、私が偉そうに言えたことでもないけど人間関係をうまく構築できなくて、仲良くしたい相手につい意地悪したりもする……。のだと思う、文献知識だけど。

女の子のほうが、いつだって男の子より成長が早い。いちごちゃんは例の遊園地に行ったことを吹聴《ふいちょう》するような、都会っぽさを誇りに思うようなタイプの子のようだし。ませてる子なんだろう、だからリコーダーを奪って吹いてたっていうのも——。

間接キッスが狙い、だったとか。

などと想像力を逞《たくま》しくしてしまい、つい思考が口から漏れた。

「その子——もしかしたら、しるふくんのことが好きなのかもね」

「ええ？　ちがうと思います、好きなら意地悪しません！　いちごちゃんは敵ですっ、確かにたまに給食のデザートをくれたりとか優しいときもあるけど！」

う〜む、やっぱりそれは恋してるんじゃないだろうか。

しるふくん、美形だしね。普通にモテるだろう、本人に自覚がないようだけど……。そして小学校では見た目よりも、運動ができるとかのほうが評価軸になりがちだけど。

私にも覚えがあるけど、とくに女の子は綺麗《きれい》なものに価値がある、的なことを子供向けのＴＶ番組などで刷りこまれるし。その点では、しるふくんの価値は最高級だし。

私が同い年だったら、つい目で追っちゃうだろうなぁ。

それで一目惚《ひとめぼ》れというほどでもなくとも、好意を抱いてしまったかも。

○　○　○

「優しいっていうのは、うしおさんです」

顔も知らないいちごちゃんとやらの内心を解釈していると、しるふくんが何だか嬉しいようなことを言ってくれた。

「うしおさんみたいなのが、優しいっていうやつです」

うまく言えないのか、口をもぐもぐさせて、しるふくんは私を見上げてくる。

「それに、好きっていうのは——」

そのまま、こちらに顔を近づけてくる。

でも。この流れは初めてじゃない、今度こそ不意打ちは食らわない。私は空になったカップに珈琲を煎《い》れるふりをして、彼の『大好き』をかわした。

この子はやたらとキスしようとしてくるけど、さすがに相手が幻覚だとわかっていても——かなり抵抗感がある。そんなの漫画の登場人物が好きすぎて、思わずコミックスに口づけをしちゃう感じだろう。それは何というか、人間として終わっている。

最低限の自尊心すら、なくなってしまいそうだ。

べつにキスしようが何をしようが逮捕されるわけじゃないし、実在する人間は誰ひとり傷つかないんだろうけど……。それでもやっぱり、ある程度の節度は保ちたかった。

そうでなければ、けだものと同じだ。

「むう——」

しるふくんが不満げに唸《うな》って、れんげを歯で噛み噛みした。

「うしおさんまで意地悪する……。お口でくっつくの、嫌ですか？　あっ、歯磨きすれば大丈夫ですか？」

「嫌とかじゃないけど。うん、あんまり気軽にそういうことしちゃ駄目だと思う。しるふくんのおうちではどうだか知らないけど、一般的には、それは大事なひととしかやっちゃ駄目なやつだから」

煎れたての珈琲を啜《すす》りつつ、私は今さらだが大人ぶった澄まし顔で言う。

「うしおさんが、世界でいちばん大事ですけど」

しるふくんは納得できないのか、駄々《だだ》をこねるみたいにテーブルの下で足をぱたぱたさせていた。

そんな彼の機嫌を直してあげたくて、私は取りなすように言った。

「私も、あなたが大事。とってもとっても、好きみたい」

小説のなかでは何度も書いたけど、実際に『好き』とか口にするのはずいぶん久しぶりだ。かつての恋人にすら、あんまり言ったことはなかった。

愛していたけれど。

いつでも距離を感じていた。

一緒に生きていきたかった、喜びも哀しみもすべて分かち合いながら。

でも。

私はいつだって彼に同情されて、施しを与えられているような気がしていた。

だって、私には愛される価値なんてなかった。

当時は小説家ですらなく、何ひとつ誇れるものがなくって、私の自尊心は今より低空飛行を続けていて……。だからこそ、ひとから好かれる理由を己に見いだせなかった。

単に優しいあのひとに、相手をしてもらっているだけ。そんな感覚が、最後の最後まで消えなかった……。そんな私の卑屈な気持ちを察したのか、他に理由もあったのだろうけど、あのひとは別れの言葉も口にせずに去って行った。

互いに愛しあっているという実感を、最後まで、たぶんお互いに抱けないまま。

今でも、私はそんなつまらない自分の延長線上に生きている。

だから、私を全肯定してくれるだろう幻覚の、しるふくんにまでこう言ってしまった。

「あはは。私みたいなおばさんに好かれても、嬉しくないだろうけど」

「……嬉しいですよ？」

しるふくんは何だかショックを受けた様子で、隣に座った私の胸元に顔を寄せてくる。

彼なりの『大好き』を、口づけを何度も何度もそこに押しつけて。

それでも気持ちが伝わらないのがもどかしいというように、身を震わせた。

そのまま、言葉もなく……ぎゅうっと抱きついてくる。

痛いぐらいの感触と、熱。

あぁ、またやってしまった。

私が情けなくて救い難いやつなのはもう仕方ないけど、だからって、無垢《むく》に懐いてくれるこの子を傷つけていい理由にはならない。

せめて、その好意を裏切らないようにしよう。

私を優しいひとだと思ってくれるなら、そんなような私になろう。この子が望む、この子にとって都合の良いことばかりをしてあげよう。

彼が、私にそうしてくれたように。

フィクションの登場人物じゃない私には、なかなか難しい任務だけど。

○○○

「……ごめんね」

理屈にできない謝意を示して、私はしるふくんの後頭部をよしよしと撫《な》でた。

しばし、彼の艶《つや》やかな黒髪のなかで、指を泳がせて。

ずいぶん逸《そ》れてしまっていた話題を、元に戻す。

「しるふくん。今日はお休みの日だし、やっぱりどこかお外へ遊びに行こう。楽しいことをいっぱいしよう、一緒に」

嫌でなければ、という私らしい卑屈な言葉は無理やり喉《のど》の奥に飲みこむ。

「どこに行きたい？　さすがに例の遊園地は遠すぎて無理だけど、この町のなかだったらどこでも大丈夫だよ？」

そもそも私はあまり遠出はできないしね、いろんな事情があって。

電車に乗るだけで、あいつらに『逃げ出すつもりじゃないか』って疑われそうだ。

「ぐじゅっ――」

どうも泣いていたらしく、洟《はな》を啜りながらしるふくんが顔を上げる。

そして彼らしいことを、告げてくれる。

「ど、どこでも良いです。うしおさんと一緒なら、どこでも幸せです」

そこまで語ってから、ふとテーブルに立てかけられた私の松葉杖に気づいて。

「あっ、でも……。うしおさん、足が」

「うん。だからまぁ、あんまり歩かないで済むほうが助かるかな。でも町内ならバスとかあるし、よっぽど辺鄙《へんぴ》なところじゃなければ辿《たど》り着けると思う。ちょっと移動に余計な時間かかったり、待たせちゃったりするかもしれないけど」

「ううん、そんなのぜんぜん大丈夫です！」

しるふくんは破顔して、万歳、と両手を挙げた。

「うわぁい、うしおさんと一緒に遊べるんですね！　どこに行きましょう？　どこでも楽しそうです！　おれ、うしおさんが大変じゃないように抱っこして運びますね！」

「いや運ぶのは無理じゃないかな、物理的に」

しるふくんは私の肩ぐらいまでの身長しかないし、体重なんか半分ぐらいだと思う。男の子だから見た目以上に腕力があるのかもしれないけど、たぶん私を持ち上げるのも難しいだろう。

もちろん、その気持ちは嬉しいけどね。

「気を遣わなくても大丈夫。ずっと左足が動かないから、そのぶん移動とかには慣れてはいるし。これでも、がんばればけっこう高速で動けるんだよ？」

「高速でですか？　すごいですね！」

よくわかってない感じだが、しるふくんは言葉の響きだけで感動してくれる。

リアクションが良くて嬉しく、私も何だか浮き浮きしてきた。

「じゃあ、ごはんを食べ終えてすこし休んだら出発しようか。行き先はバス停のある駅前に移動しながら、適当に考えればいいいし」

「はい！　たくさん食べて体力つけなくちゃですね！」

そこまで言って、しるふくんが不意に絶望的な顔になる。

何事だろうとギョッとしたが、どうも、いつの間にかしるふくんはエビピラフを平らげてしまっていたらしい。お皿には、米粒ひとつも残っていない。

それでも食べ盛りの彼には物足りないようだったし、私は朝はあんまり食べないから――ちょっと不必要に甘やかしすぎな気もしたけど、れんげで自分のお皿からピラフをすくって彼の口元に差し出した。

「はい。私はもうお腹いっぱいだから、残りはしるふくんが食べて」

そのまま、「あ～ん♪」とか言ってみる。

「あ、あ～んですか？　赤ちゃんみたいで恥ずかしいです！」

トマトみたいに真っ赤になって、しるふくんがあたふたとする。

この子の照れるポイントがわからない、キスは平気なくせに……。などと思いつつ、恥じらってれんげを避《よ》ける彼にピラフを食べさせるため、いろいろ不意打ちとかの工夫をしたり、あまりにも何の生産性もないのに無性に楽しい時間を過ごした。

ちょっと、言葉にできないぐらい幸せだった。

すべてが幻覚だったとしても、べつに良かった。

CHAPTER—5

# WHITE OUT

食事や後片付けを終えてから、私たちは話していたとおり外に遊びに出ることにした。デートだデートだ、と盛り上がるような関係でも年齢差でもないけど。

何だか久しぶりに、心の底からわくわくした。

あぁ……。今朝は、最悪な気分で目覚めたのに。

もしかしたら。今日は、けっこう最高の一日になっちゃうかも。

「……♪」

上機嫌で、しるふくんと並んでマンションの外に出ると。

驚いたことに、ちらほらと雪が降り始めていた。

一面の雪景色というほどでもないけど、道路や街路樹がうっすらと粉砂糖のような白色で覆われている。あぁ、朝からやけに冷えこむと思ったら……。昔は降雪なんて稀《まれ》な出来事でいちいちはしゃいでいた覚えがあるが、本当に近ごろは異常気象ばかりだ。

いちおう私は寒いのを肌で感じて厚着してきていたものの、薄汚れた室内着のままのしるふくんはいかにも寒そうで、「くしゅんっ」と小動物のようなくしゃみをしていた。

これは駄目だ、こんな格好で出歩いたら風邪を引く。いきなり部屋に逆戻りというのも何だか幸先《さいさき》が悪いし、私のだとサイズが合わないだろうけど——しるふくんのために何か防寒着を持ってきてあげよう。

可哀想《かわいそう》なこの子に、もうどんな病気も怪我《けが》も与えられてはいけない。

「ねぇ、しるふくん――」

「雪～！」

自分の考えを告げようと思ったら、しるふくんが唐突に猛ダッシュした。

「雪、雪、雪！　何でですか？　すご～い、狐《きつね》の嫁入りっていうやつですか？」

子供っぽく雪に大喜びして、しるふくんはなぜかマンション前の植え込みに全身で体当たりをした。ほんのり積もっていた雪が落ちてきて、彼の髪を白黒の斑《まだら》に染める。

「夏なのに！　うわぁ、有り得ないっていうやつです！　雪雪雪！　にゃあああ☆」

『にゃあ』って何だ。鳴き声か、子猫ちゃんか。などとは思ったし、やっぱり聞き逃せないぐらいその発言に違和感を覚えて――私はやや遠ざかった彼に問いかける。

「ねぇ、今は夏じゃないよね？」

「はい？　夏ですよプールの季節ですから！　それよりも、うしおさんも雪遊びしましょう！　お外で買い物とかするより絶対に楽しいですっ、そうしましょう？」

「う～ん……。雪合戦とかできるほど積もってないけど、ね」

相変わらず微妙に噛《か》みあわない会話をしつつ、私は松葉杖《まつばづえ》をついてしるふくんのもとへ歩み寄る。そして、己に降りかかった雪を熱い体温で溶かしながら満面の笑みを浮かべる彼の手を、そっと握りしめる。

「あと。急に飛び出しちゃ駄目だよ、車とか危ないから」

「はい！　うしおさんの言うことを聞きます、らじゃ〜です！」

なぜか敬礼して、しるふくんが私の手を力強く握り返してくる。伝わる体温が嬉《うれ》しい。

けど、やっぱり彼は身体の末端から冷えていっている気がして心配になる。

私はいろんな疑問や頭に浮かんだお小言を、いったん棚上げして——。

「しるふくん、雪遊びはもっと積もってからにしよう。それよりも、ちょっと先に行っておきたい場所があるんだけど」

「はい？　はい、うしおさんの好きにしてください！」

いつもの台詞《せりふ》を口にして、しるふくんも温《ぬく》もりが嬉しいのか、私の手のひらを己の頬《ほお》に当てて微笑《ほほえ》んだ。この笑みが、決して消し去られてはならない。

○　○　○

町内ではいちばん規模のおおきな、古くさいデパートのなかにある服飾店。

そもそも今の時代にはデパートというのも流行《はや》らないし、町全体が過疎化の一途を辿《たど》っているので広い建物のわりに開いているお店はすくない。それでも電化製品やお洋服に食べ物まで、生活に必要なものはだいたいここで手に入れられる。

町の人々の生活拠点になっている感があって、だからこそ寂れているわりに強気の料金設定で（多少、お値段がしても客は来るのだろう）、わりと貧乏暮らしの私は滅多《めった》なことでは足を運ばないけど。

今日は特別だ。ここならまぁ、子供服とかも売ってるだろう。

とりあえず遊び回る前に、いかにも寒そうだしなかなか憐《あわ》れなぐらいみすぼらしい格好をしているしるふくんに、上から下まで防寒着などを買ってあげようと思ったのだ。この子、何かだいたい常に同じ服を着てるし……。せっかく綺麗《きれい》なのに、もったいない。たくさん飾ってあげたいな。かわいいこの子に、相応《ふさわ》しいぐらいに。

まぁいくら美少女めいた見た目でもいちおう男の子だし、着飾りたいという欲求も芽生えようがない年齢ではあるだろうけど。実際、しるふくんは色気よりも食い気なのか、なぜか服飾店を無視して突っ走り「アイスアイス！」と連呼してどこかへ行ってしまう。

「お～い……。どこ行くの、このお店に入りたいんだけど」

客か、と思って身構えた店員さんの前で、私はちからなくしるふくんに呼びかける。

清潔な店内。それでも経年劣化であちこちに消えない汚れや罅《ひび》が目立つなか、しるふくんは浮き立つように麗しい。本当に、鱗粉《りんぷん》が舞っていないのが不思議なぐらい。

妖精さんのような男の子は、しばし遠ざかってからまたすぐに戻ってくる。

「アイス売ってませんでした……。うう、ここにきたときのお楽しみだったのに」

しょんぼりして、欲求が叶《かな》えられなかった幼子がよくそうするように、私に全身で抱きついてきてむずかる。よしよし、と私は何となくそんな彼の頭を撫《な》でた。

「この寒いのにアイス食べたいんだね、しるふくん」

子供の欲求は不思議だ。そういえばこのデパートには家族連れに喜ばれるアイスクリームショップがあったっけ、私も祖母と一緒にここにきたときに食べさせてもらった覚えがある。夢みたいにたくさんフレーバーがあって、なかなか選べず祖母を困らせたものだ。私は昔から、優柔不断で駄目だなぁ——。

口振りからいって、しるふくんもこのデパートにきたことがあるっぽい。まぁ町の住民なら当然、ではあるけど。

うちの町、ほんとにお店が極端にすくないから。ちゃんと買い物したい、と思ったらここにくるしかない。私は歩くのが困難だし近いので、マンションのそばにあるちいさなスーパーマーケットのほうをよく利用するけど。

過疎になるなかで、お客がこなくて儲《もう》からないから企業やお店は撤退しまくり。失血死にも似て、この町はゆっくりと衰弱している。放っておいたら冗談ではなくゴーストタウンか、良くてもスラムになりかねない。

まともな住民がゆっくり消えていき、治安も悪化し続けている。どんな状況でもしぶとく生き延びる害虫めいて、暴力と、汚いお金で生計を立てる連中が蔓延《はびこ》っている。

私の唯一の恋人だった、カザミさんもそんな不逞《ふてい》の輩《やから》に飼われていた。私と同じかそれ以上に生きるのに不器用だったあのひとは、そうしないと暮らせなかった。

威張り散らす強者に傅《かしず》き、奴隷になるしかなかった。

弱い人々と、それを搾取する腐った連中と、廃墟《はいきょ》じみた建物だけが残る町。

それでも。私は、ここで生きていくしかない。

理由は単純明快だ。

私には、かなり多額の借金がある。

むかし交通事故で両親と死に別れ、預けられた先の唯一の親族——祖母も天寿を全うしてから、ひとり寂しく取り残された私のところに怖い顔をした連中が押しかけてきた。

そして当時から何もわからず狼狽《うろた》えるしかなかった私に、借金の証文を突きつけたのだ。

どうも昔の交通事故には私の両親、というか運転していた私の父に責任があったらしく、けっこうな金額の賠償金などを支払う義務があったとか。そのために祖母が代理で手続きなどをしていたが——年金暮らしだったため貯金もなく、仕方なく借金をしたのだとか。

その借金が、知らない間に膨れあがっていた。

普通に稼いでいる社会人ならがんばれば返せる金額だったのだけど、当時の私はまだ作家ですらない単なる学生で、どう足掻《あが》いても返済は無理だった。

学費や今でも事故の後遺症でほぼ動かない足の治療費、生活費などの支払によって祖母が受け継がせてくれた通帳の預金残高はほぼ零で、右に揺すっても左に揺すっても一銭も出なかった。だから泣いて謝ったけど、借金の取り立て人は許してくれなかった。

恐ろしかった。今でも、思い出すだけで震えがくる。

口汚く罵《ののし》られ全人格を否定され、後で問題になるのを厭《いと》われたのか暴力は振るわれなかったけど——壁を叩《たた》かれ床を踏み鳴らされ、あらゆる手段で脅された。

だから借金は大人になってから働いて返します、と証文を書いた。

それでも解放してもらえず、大人になるのを待てないとでもいうのか、暴力のにおいをまとわせた取り立て人たちに肩を掴《つか》まれ促され、彼らの会社まで連れて行かれた。

片足が動かず走って逃げるのも無理だし、そんな度胸もなかった。

そのまま、私はまだ未成年だったのに、借金の返済のために水商売をさせられそうになった。当時、それがいったい何をどうする仕事なのかもわからない世間知らずの小娘だったのに……。町の片隅にあるそういうお店まで連行され、身体を売るのを強要された。

当たり前のように。

まるで作り話みたいだった。

現実感がなくて、でもひたすら怖くて泣きじゃくることしかできなかった。

あのままだったら、たぶん——私はどん底まで落ちて、二度と這《は》い上《あ》がれずに暗闇のなかで一生を終えたのだろう。私は完全に、暴力を生業《なりわい》とするあいつらに型に嵌《は》められていた。大人になるまでに何度も見た映画や小説のなかで、名もなき被害者がたいてい辿る末路に至っていたはずだ。

現実には、ピンチになったら助けてくれる正義の味方なんかいないから。

普通に不幸の坂を転がり落ちて、それでぜんぶお終《しま》い。救いなんかあるわけがない。

○　○　○

でも。

そんな私に、手を差し伸べてくれるひとがいた。

気まぐれか、あまりにも私が泣くので可哀想に思っただけ——かもしれないけど。多少の倫理観がある大人なら普通そうするのが当然、というふうに。

カザミさん。風見鶏《かざみどり》という源氏名を持つことでわかるとおり、彼は私が連れて行かれた水商売のお店の先輩だった。というか、稼ぎ頭だった。彼はびくびくして泣くだけの私の頭を撫《な》でてくれた、まるで父親か兄かのように。

大人ぶって。

彼は借金の取り立て人と、その母体となっているらしい暴力を生業とする連中に口利きをしてくれて、私が身体を売らずに済むように取り計らってくれた。

そのぶん自分が稼ぐから、とか言って。

助けてくれた。ぜんぜん、あのひとには何の得もなかったんだろうに。

その後も、私はそのお店で下働きのようなことをした。ひたすら何に使うのかもわからないお絞りや軽食をつくったり、床を磨いたりしていたのだ。バイト代も出ていたようなのだけど、ぜんぶ借金の返済に充てられて私の手元には残らなかった。

そんな日々のなかで、カザミさんは暇だったのか何なのか、しょっちゅう私にちょっかいをだしてきた。どうでもいいことで話しかけてきたり、からかったりしてきた。

今も私の健康を害している煙草《たばこ》も、そのとき彼に覚えさせられた。

子供に喫煙させる時点で、彼は決して褒められた人間じゃない。薄暗い、じめじめとしたところに棲《す》んでいる――世間から後ろ指をさされるような人種だ。

でも。私には、世界で唯一のヒーローだった。

そのうち恩返しのつもりで、生活力のない彼のお世話をしたりするようになった。食事をつくり着替えさせて、仕事の後には骨っぽい彼の肩を揉《も》んで。

同じ時間を過ごすうちに、情も湧いて。

いつの間にか、恋人みたいになっていた。私はそう思っていたけど、彼にとってはどうだったんだろうか――わからない。もう、確かめるすべもない。

私はそんなお店で働いていたことがいつの間にか知られ、噂《うわさ》になり問題視されて、高校を中途退学することになった。

今でも教師や他の生徒の、汚いものを見るような軽蔑の視線を覚えている。

その後、学校に行けなくなって時間もできたし前から好きだったから、と夢中になって書いた小説でデビューして……。ちっとも売れなかったわけだけど、カザミさんは私がまともな職に就いたって自分のことのように喜び、祝ってくれた。

小説家って、そんなに立派なお仕事ではないような気もするのに。すくなくとも会社勤めのサラリーマンなどに比べれば、社会的信用のない怪しげな商売だろう。

なのに。カザミさんは、私の処女作が世に出たその日のうちに姿を消した。

偉い小説家の先生に自分みたいなのが関わってる、なんて知られたら問題になる、的なことを彼らしい曖昧《あいまい》な表現で記した置き手紙を残して。

それっきり、縁は切れた。

私は、捨てられたと思った。

私のためを思って身を引いてくれた、なんて思わなかった。本当に好きなら、愛しているなら一瞬だって離れたくないはずだった。どんな崇高な理想も現実的な理由も、恋人から離れることを正当化しない。

あれからもう十年──今でも私は納得できていないし、わからない。

あのひとの気持ちが。

ひとを愛する、ということの本当の意味さえ。

「……うしおさん？」

しるふくんの声で、はっと我に返る。

時間にすればたぶん一瞬だけど、痛みを感じるぐらい深いところにまで及んでしまった物思いを中断し、私は心配そうにこちらを見る彼に笑いかけた。

「ん。ごめん、ちょっと考えごとしてた」

「だ、大丈夫ですよ？　べつに、どうしてもアイスが食べたかったわけじゃないので！」

「アイス？　あぁ――」

そんな話をしていたのだった。

「アイスなら私、たぶん手作りできるよ。卵と牛乳、お砂糖たっぷりでケーキみたいに甘いの。おうちに帰ったら食べさせてあげるよ、しるふくん」

「おお！　さすがです、うしおさん！　何でもつくれちゃうんですね！」

単なるお世辞ではなく、しるふくんは本当に食欲をそそられたようで、垂れてきたよだれを拭っていた。この子、けっこう食いしん坊だよね。

まぁ、子供はそのぐらいでちょうどいい。

たくさん食べてすくすく育ってほしいな、しるふくん。

でも、その前に。

「ふふ。まずはお洋服を買おっか、あと寒いから手袋とか」

言いながら、今度こそ服飾店へ踏みこむ。

防寒具を仕入れるまではと思って、彼の冷え切った手のひらを握りしめて。

○
○
○

その後。

「う～……」

たっぷり二時間ほど、私が満足するまでしるふくんを着せ替え人形にした。などと表現すると外聞も悪いけど、他に言いようがない。私は駄目な大人だ（開き直り）。

しるふくんは服なんかわりと何でも良いらしく、ずっとまるでピンとこない顔で私に付き合ってくれた。それを良いことに、私はあまり品揃《しなぞろ》えが良いとは思えないお店で私が良いなと思ったお洋服を、手当たり次第に彼に着せた。

「もういいですか？　これでいいですか？　うしおさんは満足ですか？」

忙しく何度も着替えさせられて疲れたのか、うんざりしたのか――しるふくんは不満げに唸《うな》っている。さすがに申し訳なくなって、私はそのへんでようやく切り上げる。

かわいがってると言えば聞こえは良いけど、それは虐待と紙一重だ。私は、私だけはこの子にそんなことをしないであげよう――と思ってはいるのだけど。

でも。だって、しるふくんがかわいいから。

我ながらどうかと思うものの興奮して脈拍が上がり、全身がぽかぽかする。

あぁ、満足した……。思いつつ、目の前のしるふくんを眺める。

「んぃ～、ごわごわします」

不満そうに身じろぎするしるふくんは、最先端の子供服ブランドで身を固めている。私は小説を生業とするわりに本当に物の名前を知らないので、どこの国のどういうファッションなのか具体的に説明できない。でも、完璧だと断言はできる。

「動きにくいです！　何かお値段が高そうだし、これだと破いたりしちゃいそうで怖くて暴れられません！」

いや、なるべく暴れないでね。

などと思いつつ、ぷんすかしている彼を前から後ろから品定めする。たぶんサイズはぴったり。いや、しるふくんは普通より痩せているのだろう——すこしぶかぶかな感じか。でもサイズをちいさくすると寸足らずになって、見栄えが悪くなりそうだし。

オーダーメイドじゃないので、ある程度は妥協するしかないか。そういう些末《さまつ》なことが気にならないぐらい、本当にそれこそフィクションの登場人物みたいに彼は綺麗だし。

あぁ、シンデレラに魔法をかけたひともこんな気分だったのかな。この子は元からかわいかったけど、さらに見違えてしまった。

うんうん。モデルが良いと、着せ替えもたいへん楽しい。満たされる。

新たな趣味に目覚めてしまいそうだ……。

我ながら変態的だなと自覚して凹《へこ》みそうになっていると、しるふくんが唸った。

「うしおさん、何でおればっかり着替えさせるんです？　うしおさんのお洋服を買うんだと思ってたのに～、女のひとはそういうの好きなんですもんね？」

「それも、いちごちゃん情報？」

今朝の会話を思いだして何気なく問うと、しるふくんは首を振る。

「いえ、お母さんがそう言ってました」

お母さん。その言葉に、浮かれていた気分が一瞬で凍《い》てつく。

しるふくんを、たぶん虐待している母親。彼に奇妙な『大好き』のかたちを教え、まともにごはんすら食べさせずに放置している……。褒められるところのない、酷《ひど》いひと。

虐待された子供や、強盗に人質にされたひとが生存本能に従って犯罪者の肩を持つ――いわゆるストックホルム症候群で、しるふくんはそんな母親を肯定しているだけ。

でも。

今の私は、そんなしるふくんの母親と比べてどれだけまともだろうか。

赤の他人なのに。お隣の家の子をこんな場所まで連れ出して、自分の好みの服まで着せて……。それで大喜びしてる、いかれたやつ。

すくなくとも、彼の母親にはこの子をお腹《なか》を痛めて産んだという実績がある。

それに対して、私は、この子にいったい何をしてあげられただろう。

ううん。

しるふくんは、私にだけ見える幻覚だ。

これは自分に都合の良い物語を空想して、心を慰めているのと同じだ。

……そうでしょう?

「むかぁし、お母さんと一緒によくここに買い物にきたんです」

なぜか無性に不安になって立ち竦《すく》む私に、「?」と不思議そうにしながら彼が語る。

「最近のお母さんは変ですけど、優しいときもあったんです。自分の買い物ばっかりしてましたけど、ずっとお利口さんにしてると帰りがけに好きなアイスを買ってくれて」

そうなのか。

そうなのだろう。誰だって、生まれたときから悪人なわけがない。歴史に残るような犯罪者だって、ひとを愛し、私たちと同じようにごはんを食べて泣いて笑って生きているのだろう。私たちと、罪を犯したひとたちの、どこに差異があるのだろう。

どこで歯車が狂って、歪《ゆが》んで……。

間違ってしまうのだろう。

ううん。今の私にだって、どこにも汚れや罪がないと言えるだろうか。

しるふくんの母親とはちがう、潔白な真人間であると実証できるだろうか。

できない。私はつまらない、世間に対して己を誇れない人間だ。今だって、ほんとは仕事をしてなくちゃいけないのだ。世間的にはお休みの日だけど、この仕事は年中無休だ。読者が待ってる。毎阪《まいさか》さんは〆切を延ばしてくれるとか気を遣ってくれたものの、その厚意に甘えずに、ばりばり原稿を書くべきなのだ。

求めてもらえたのだから。

未《いま》だにあまり馴染《なじ》めない、現実から離れたところで束《つか》の間《ま》、溺《おぼ》れていたい読者たちのために。

昔の私みたいに、BL小説だけど。

「うしおさん。たまに、ぼうっとしますよね」

しるふくんは何だか慌てた様子で、私の顔を真下から覗《のぞ》きこんでくる。

「鬱《うつ》ってやつでしょうか。お父さんが一時期そういうのになっちゃったんです、がんばってつくった会社が潰れちゃって……。それで、お母さんとよく喧嘩《けんか》してました」

ふむ。鬱とか、難しい言葉を知ってるなと思ったら……。たぶん夫婦喧嘩のなかで交わされる言葉を何となく聞いて、ふわっと言葉の意味を理解したのだろう。

子供は意外と私たちをよく見ているし、その発言を聞いて覚えている。

しかし、しるふくんのお父さん……。どうも起業して失敗して、職をなくした感じなのだろうか。そういうのは、どんどん寂れているこの町ではありふれた話なのだろう。

よくある話でも、当人にとっては洒落《しゃれ》にならない地獄のはずだけど。

何度か垣間見《かいまみ》たしるふくんの父親はいかにも真面目なサラリーマン——という感じだったから、たぶんちゃんと働いてらっしゃるのだろうと何となく思ってたのだけど。でも普段は家にいないようだし、失職してるならどこで何をしてるんだろうか。

しるふくんは過去形で話してたし、今では再就職してまた通勤してたりする可能性もあるか。べつにこの世の終わりでも何でもない、探せば仕事は見つかるのだろうし。

などと考えて、あまり掘り下げたくない話でもあったし——私はひとまず納得する。

○　○　○

それよりも。

「とりあえず、お会計をしよっか」

ずっと精算もしていない服をしるふくんに着せたまま、立ち話をしているのも変な具合だ。店員さんも、ちょっと怪しむようにこちらを見ているし。

着慣れない服のためか動きにくそうにしているしるふくんの手を取って、レジへ。

そこで、はたと気づいた。我ながら、今さらかよ——と呆《あき》れるが。

大丈夫なんだろうか。

しるふくんは、たぶん私にしか見えない幻覚なのに。

彼に服を着せたまま会計してもらおう、それなら元のやや薄汚れた服に着替え直させなくてもそのまま遊びに行けるし、などと思っていたのだけど。

そんなの、可能なのだろうか。

店員さんなどには、しるふくんはどんなふうに認識されるのだろう。

まさか何もない空中に服だけが浮かんでる、透明人間みたいに見えるわけがないけど。

どうやって、私以外のひとたちは合理的な解釈をするのだろうか。

急に不安になってきたし、混乱もしてきた。

私は何か、重大な勘違いをしている気がする。

「あっ、お会計ですか?」

たぶん長くここで働いているのだろう、いかにもお爺《じい》さんという感じの店員さんが声をかけてくる。町全体の過疎化が進んでいるので、若い働き手をあまり見かけない。

だからまぁ、店員さんの年齢はべつに問題じゃなくて——。

その行為が、おかしかった。

店員さんは普通に手を伸ばし、しるふくんが着ている服についたタグにバーコード読み取り機をかざす。ピッピピッピッ、と軽やかな電子音。

「はい、はい……。はい、消費税込みで合計七万八千五百円になります」

うわ、かなり値段がする。まぁブランド品らしいものを、上から下までぜんぶ揃《そろ》えたにしては安く済んだのかもしれないけど。

楽しくってあまり値札を確認してなかったのが良くなかった、大丈夫かな――ちゃんとお金あっただろうか。

私はあまり信用のない文筆業だし、借金もあるのでクレジットカードはつくれない。現金で払うしかない。えぇっと、ひいふうみい……。お札を数える、いつも不意に訪れる借金取りに対応するためある程度の現金は財布に入れてるけど。

学生のころから抱えた借金は、まだたぶんけっこう残っている。気が滅入《めい》るし取り立て人はいつも怖くて聞ける雰囲気じゃなく、あまりちゃんと確認してないけど。長年、ずっと小説家として売れなかったから利息を払うだけできりきり舞いだったし。

でも。前作が売れて印税が入ったから、首をくるほどではない。お金もまだある、大丈夫のはず――買おうとした品を棚に戻す、みたいな恥ずかしいことをしなくてもいい。

そうじゃなくて。

「あれ……。あの、この子のことが見えるんですか？」

私は思わず、あんまりにも意外だったので不可思議だろう質問をしてしまった。

店員さんは耳が遠いのか、普通に意味がわからなかったのか「はい？」と反駁《はんばく》してから、かけていた老眼鏡をずらしてまじまじとしるふくんを見た。

「あぁ……。見えますよ、私もだいぶ爺《じじい》で目がぼやけますが値札が読み取れないほどじゃありません。そういうことは、近ごろは何でも機械がやってくれますしな」

こちらの質問の意味を誤解したのか、ややピントのぼけた返事をして。

奇妙なことを、言った。

「あぁ、よく見たら坊主……。むかぁし、よくこの店にきてくれた子か。何だか小綺麗《こぎれい》な奥さんに連れられてねぇ——あぁ、久しぶりだなぁ」

親近感からか丁寧語を崩して、店員さんは懐かしそうに微笑した。

「ちっとも背が伸びてないなぁ、最近の子はまったく……。ちゃんとごはんは食べないと駄目だぞ、すぅぐ病気になっちまうんだからな」

私にしか見えない幻覚のはずの、しるふくんを見据えてそう言った。

「今日は、奥さんは一緒じゃないのかい？　こちらのかたは誰だい、お姉ちゃん？」

「……？」

私は絶句しながら、元気良く「お姉ちゃんじゃないです、うしおさんです！」と応えている彼を――しるふくんを、何も言えずに見ているしかなかった。

○○○

その後、私はくらくらと目眩《めまい》をおぼえつつも、着飾ったままのしるふくんと一緒に予定どおり遊び歩くことにした。

しるふくんはだいぶ頑固に服を買ってもらうのに難色を示したのだけど、こっちもたっぷり楽しませてもらったわけだし……。その代金として、ちゃんと全額負担した。

痛い出費ではあるけど。いいんだ、私は大人だから好きなことにお金を使っても。

「大事にしますね」

私が小説家として鍛えた論理を尽くして説得すると、しるふくんは渋々ながら納得しながらそう言って、はにかんでいた。

そしてまた、うしおさん大好き――なんて言ってくれた。

この程度のことで……。ほんとに、そんなに『大好き』を安売りしないでね。

それからお洋服の話などは終えて、次の行き先に向かった。

といっても、しるふくんが目当てとしていた温泉やその周りの遊び場はだいたい廃業しているか、そうでなくとも閑古鳥《かんこどり》が鳴いていた。

私としては予想どおりだったのだけど、しるふくんはかなり驚いていた。

不可思議そうにひとつひとつ、お店の建物のなかを覗きこんでは首を傾《かし》げていた。

「あれれ？　何でですか？　このへんにゲームセンターとかもあったんですよ？」

だが客どころか店員の姿もなく、入っていいものかもわからないところが大半で、「入る？」「どうする？」みたいにしるふくんと小声で囁《ささや》きあったりしつつ、けっきょく引き返すことにした。

やっぱり食いしん坊のしるふくんが、空腹を訴えたためでもある。

温泉地のそばはかつての栄華が嘘《うそ》のように、客足が止まったことで営業できなくなったらしく飲食店のたぐいが全滅していて、いちどバスに乗って余所《よそ》に移るしかなかった。

そのバスもすっかり本数が減っていて、うっかり乗り遅れたりすれば下手すれば半日ほど待ちぼうけを食らう感じだったし。

今日だけでずいぶん無駄に、この町の過疎化を実感してしまった。

行ったり来たりして疲れるだけで、これがデートだったら完全に失敗の流れだなぁ……。

なんて思いつつも、とりあえずまだそれなりに活気のある駅前へ。

自宅も近いので帰っても良かったのだけど、せっかくだからと、しるふくんとふたりでそれなりに良さそうなお店に入って天ぷらなどを食べた。

今日はいつもの何倍も歩いたので、ごはんが美味《おい》しい。

「たぁっ、とぉ！　おりゃ～っ、にゃっははは♪」

やはり他に客のいない薄暗い店内で、楽しくなっちゃったのかひたすら天ぷらを崩して天かすにする作業をしているしるふくんを眺めつつ、私はぼんやりする。

半日ほど外で過ごして理解したが、どうも、しるふくんは私以外にも認識されるらしい。バスの運転手さんも「足元に気をつけてね、松葉杖のお姉さんもそっちの子も」などと言っていたし、この店の従業員も私が何も言わなくてもしるふくんに注文を聞いていた。

服飾店のお爺さんにそうしたように、そのたびに私は意を決して「この子が見えるんですか？」みたいに尋ねもした。もちろん、みんな質問の意味がわからないような顔をして、もちろん見えると肯定した……。ああ、どういうことだろう？

しるふくんは、幻覚じゃなかったのか？

お化けでも妖精さんでもない、質量をもつ物理的な存在なのか？

でも。じゃあ、何で毎阪《まいさか》さんには自宅の『穴』が認識できていなかったのだろう。

ううん。そういえば『穴』はともかく、彼女はしるふくんと対面してはいない。なのに私は勝手に、『穴』もしるふくんも幻覚なのだと決めつけてしまったけど――。

『穴』は幻覚で、しるふくんは実在するのか？

単に普通に私の自宅の隣で暮らしている、実在する小学生なのか？

ううん。その仮定は成り立たない、『穴』が幻覚ならそこを通り抜けることなんかできるわけがない。しるふくんは忍者じゃないはずだし、壁抜けの術なんて使えない（いま書いている原稿に必要だから調べていて、そういう知識をいくつも得てしまっていた）。

飛び抜けてかわいいけど、それ以外は普通の小学生だ。

忍術も魔法も使えない。当たり前だ、小説じゃないのだ。

でも、じゃあ何なんだろう？

あの『穴』は何だ？　なぜ、私と……たぶんしるふくんにのみ認識できる？　そこを通して交流できた？　私の頭では理解できない、怪奇現象が発生している気がする！

そう考えるしかなくて、寒気がした。

そんなこと、有り得るのか？　この現実で？　嘘でしょう？

○　○　○

「うしおさん、ネギ好きですか？」

不意に変な質問をされたので、私は物思いを中断してビクッとする。

「ね、禰宜《ねぎ》？　神社の――じゃなくて、あぁネギね？　食べられないの？」

見ると、しるふくんは薬味として付いてきたネギを小皿により分けていた。ふたりとも天ぷらだけはどうかと思って蕎麦《そば》も食べているので、そういうのも付いてきている。

好き嫌いなく何でも食べる子だと思っていたけど、苦手なものもあるらしい。

当たり前だ。実在する、普通の小学生男子ならば。

「はい。何か要らないと思います、こういうの」

「思いますって……。変な言い方するよね、しるふくん」

私も香味野菜はあまり得意じゃないのだけど、残すのもお店に悪い気がしたので。

「じゃあ……私が食べちゃうから、ちょうだい」

「はぁい。うしおさん、あ～ん♪」

器用にお箸でつまんだネギを、しるふくんがこちらに差し出してくる。

おや、今朝の仕返しか。かわいいなぁ、男の子だなぁ……って和んでる場合か。

私は避けずにネギを食べさせてもらってから（私を嫌がらせたかったのか、しるふくんは微妙に不満げな顔をしていた）、ちょっと思うところがあって言ってみた。

「ごめん。この後、いったん家に戻ってもいい？」

こんな巨大な疑問を抱えたまま、呑気《のんき》に遊《あそ》び呆《ほう》けてはいられない。

いろいろ調べたり、確かめたりしたい。遊ぶのはいつでもできる。まだぜんぜん楽しませてあげられてない気がするので、しるふくんには申し訳ないけど。

「あっ、お仕事があるんですか？」

やはりこの年齢にしては異様に察しが良い彼は、そう言って寂しそうにした。

「そうですよね……。毎日毎日、大変なんですもんね。おれみたいな子供と遊んでる暇ないんですよね、うしおさんは立派な小説家さんなんですから」

納得したようなことを言いながらも、顔はものすごく不満げである。

「いちごちゃんも褒めてたんですよ。朝読書のために借りたご本、いちごちゃんは意地悪なので勝手に読んでたんですけど……。見たことないとか面白いとか大喜びして、続きがあるなら借りてきてって言ってました」

「ふぅん。気に入ってもらったなら、良かった」

私のなかで、顔も知らないいちごちゃんの好感度が上昇中。

「続きはあと二冊しかないけど、いいよ、ぜんぶ貸すからいちごちゃんに読ませてあげて。打ち切り……って言ってもわかんないか、中途半端なところで終わっちゃってるけど」

「え〜……。おれがうしおさんから借りたのに、おれだけのものにしたいのに」

すこしドキッとすることを言われたが、べつに他意はないんだろう。

わかりやすくて裏表のない、まだ腹芸のできない幼い子供。

いじらしくて、私はいろんな小難しいことをぜんぶ棚上げして、この子が満足するまでいっぱいいっぱいいっぱい……好きなことをさせてあげたくなった。

でも。私は、その衝動を自制する。

この子は、どうも幻覚じゃないらしい。

肉を持ち、生きている子供だ。

そして。その背中には、悪意の爪痕《つめあと》が残されている。

私にできることはすくないけど、この子のことがかわいいから……。この子が何かに理不尽に傷つけられているなら、助けてあげたい。できるかぎりのことは、してあげたい。

でも。そのためには、事態の解明が必要だ。

奇妙な現状を整理し、把握して、然《しか》るべき手を打たなければ。

「ごめんね」

「謝ってばっかりですね、うしおさん」

やりきれなくてつい口に出した謝罪を、しるふくんは軽やかに受け流した。

「全然そんな必要ないのに！　うしおさんは変なひと！」

何回言うつもりだろう、と思うぐらいに繰り返される愛の言葉。

「でも、だから大好きです！」

そのひとつを与えられるだけでも、私がこの子のためにすべてを懸ける甲斐《かい》はある。

○　○　○

「じゃあ、ここで」

食事を終えた後、駅前まで戻ってきていたのが幸いして近い位置の自宅には数分で辿《たど》り着けた。私と離れるのが寂しいのか、しるふくんはずっと拗《す》ねた顔で黙っている。

そんな彼の機嫌を取りたくて、私は彼の頭を撫でる。

「ごめんね。また後でね……。今日も晩ご飯、食べにくる？　しるふくんの好きなものつくって待ってるからね、あとアイスもちゃんと冷やしとく！」

「んむ……。アイスなら仕方ないです、勘弁してやります。妥協点ってやつです」

おかしな言い回しをするしるふくんの艶《つや》やかな黒髪に、いつまでも触れていたかったけど、未練を断ち切って背を向ける。

扉の鍵を解錠し、入室。今日だけでだいぶ汚れた松葉杖の先端を、常備してあるウェットティッシュで拭く。

「……………ん？」

そうしていると、気づいた。何か当たり前のように、しるふくんが一緒にきている。どうせだからと服に合わせたデザインのものを選んで買い与えた靴の、脱ぎ方がわからないのか、無意味にけんけんしたりしている。

「あれ？　しるふくん、自分のおうちには帰らないの？」

「？　帰りますよ、うしおさんはお仕事なんでしょう？」

邪魔したくないので帰ります、と不機嫌そうな棒読みで言われた。

でも。

「いや、普通に玄関の扉から帰りなよ。わざわざ、私の家から『穴』を通る必要ないでしょ。あれいつ崩落してもおかしくない感じに見えたし、破片とかで怪我するかもよ」

あの『穴』が何なのか、摩訶不思議《まかふしぎ》な代物である可能性もあるからよくわからないが、見た感じは自然形成された欠落だ。脆《もろ》そうだし、いつ壁の全体が崩れるかわからない。

その際にそこを潜《くぐ》ったりしていたら、ちょっと危ない気がする。

あれがもし人知の及ばぬ怪奇現象なら、何があるかわからないし。いちど潜るごとに寿命が縮むとか、半分の確率で死ぬとか、今はどんな馬鹿馬鹿しい想像すら否定する材料がない。ならば、石橋は叩いて渡ったほうがいいように思えた。

「崩落？　破片？」

難しい言葉が理解できないのか首を傾げつつ、しるふくんはやや頬《ほお》を染めた。

「すみません……。何か、うしおさんちの『穴』を通って出入りするのが普通になっちゃってました。でもそうですよね、ドアがあるんだからそこから帰ればいいんです」

単なるうっかりだったようで、しるふくんは気恥ずかしそうにしながら踵《きびす》を返す。そして「お別れの『大好き』！」とか不意打ちでキスしようとしてくるのを私が辛うじてかわすと、いつもより男の子らしく「ちぇっ」とか舌打ちして去って行った。

油断も隙もない。

驚いたせいもあってドキドキしつつも、私は松葉杖を拭き終えて靴を脱ぎ廊下へ。そして、こみあげてくる恐怖を押し殺して——『穴』のある寝室へと向かう。

ゆっくり扉の隙間から、なかを覗きこんだ。

開け放したままの襖《ふすま》の向こうに、真っ黒な『穴』がある。

お隣の部屋は襖を閉めているので、灯《あか》りなどが差しこんでこないため黒く見えるのだ……。と理解はしているものの、それがあらゆる物質を吸いこむブラックホールか何かに見える。禍々《まがまが》しい、光すら囚《とら》われの身にしてしまう闇そのものに。

「ふむ」

雑念を消すため首を振り、おおきく息を吸いこむ。

しかし、これを調べると決めたのはいいけど――どうしようか。私は単なる小説家であって科学者でも名探偵でもないのだ、何をどうしたらいいものか。

自分の無計画さに呆れつつも、とりあえず、余所行きの格好から着替えることにする。まずは身軽になろう、そして楽な姿勢で休みつつ今後の方針を……。

悠長にそんなことを考えていた私の耳に、不意に異音が飛びこんできた。

「――ひぇっ!?」

ブルブルブルブル……という、地鳴りのような音だ。何事？　まさか『穴』がこちらの疑心に気づいて、防衛機能みたいなのを働かせた？

みたいな妄想を逞《たくま》しくして勝手に怯《おび》えていたが、どうも違う。これは聞き覚えのある、スマホが着信している合図のバイブ音だ。

我ながらどうかと思うが、その時点まで己がスマホを自宅に忘れたまま歩き回っていたことに気づいていなかった。それでべつに不都合もなかったのだから、もはや笑えてくる。

まるで社会生活を営めてないなぁ、私。

とりあえず音の出所を辿り、仕事部屋かとあたりをつけてそちらへ向かう。

ノートPCのそばで、スマホが着信などを示すランプを点《つ》けていた。震動は止まってい
るようだけど――何だったんだろう、借金の取り立て人だったら嫌だな。

思いつつ、スマホを確認。

そして、ちょっと呆然《ぼうぜん》とする。

『着信：毎阪《まいさか》さん』

そんな表示が見えた。

慌てて履歴を確認すると、ほぼ五分おきに大量に着信があったらしい。やばいやばい
――原稿の催促か、いや違う、彼女には心配をかけてしまっているはずだ。書き置きだけ
を残して満足するわけがなく、毎阪《まいさか》さんなら気遣って連絡を入れてきて当たり前だ。

なのに。私はそんな彼女の気持ちも想像せず、のんびり遊び歩いていた。

「もしもしっ、毎阪《まいさか》さん!?」

私は酷い罪悪感にかられて、一刻も早く彼女の不安を消したくて――。

着信履歴から彼女の番号を呼び出して、相手が応答すると同時に叫んだ。

「ごめんなさい！　大丈夫です私っ、元気です！　心配かけちゃって……！」

『わわっ？　ちょっ、落ち着いてください先生！』

スマホの向こうから、聞いているだけで安心する毎阪《まいさか》さんの声が届く。

『あはは。良かった、反応ないんで焦りましたよ。ほんとに大丈夫ですか、体調や気分が悪かったりしません？　置き手紙、読んでいただけました？』

「はい！　あのう、このたびは毎阪《まいさか》さんにおかれましては本当に申し訳なく……!?」

『謝罪会見か！　良かった良かった～……ほんと、何か元気になってますね先生？』

毎阪《まいさか》さんはほっとしたのか、おおきく息を吐いていた。

それが音声として届き、耳たぶを撫でてくれて――私まで安心する。

あぁ、誰かに心配されるのって嬉しいことだ。

いや、なるべく心配かけちゃいけないんだろうけど。駄目人間でごめんなさい。

『でもまぁ、顔を見ないと本当のところはわかんないんで。様子を見に行きたかったし報告もありますから、ぶっちゃけ――いま先生の自宅の近くにいます』

「えっ、そうなんですか？」

『はい。いつも打合せしてる喫茶店に。ご自宅に伺ったんですけど、ピンポン鳴らしてもお返事なかったのでまだ寝てるのかな～って……。まぁ、もうちょっと待ってもっかい行って、それでも無反応だったら管理人さんに頼んで鍵開けてもらおうかとすら思ってたんですけど』

「わぁ……。何か本当に、すみません」

『いいんです。先生がご無事だったなら、それで』

毎阪《まいさか》さんは何だかしんみり言ってから、問いかけてくる。

『今から、そちらに行って大丈夫ですか？　ご自宅ですよね？』

「あ、はい。ちょっと出てましたけど、戻ってきましたので」

『わっかりました！　じゃあ少々お待ちください、ものの五分で着きますので！』

「あっ、じゃあ珈琲《コーヒー》か何か煎《い》れて待ってます。急がないで大丈夫ですからね、車には気をつけて――」

などと言ってるうちに、通話が切れていた。

私はしばし、ぼうっとしてスマホの画面を眺める。すぐに暗転したそれを仕事机の上に戻してから、なぜか腰を抜かしそうになった。

あぁ、何だかぜんぶが大丈夫な気がする。

毎阪《まいさか》さんがきてくれる。

○　○　○

「お邪魔しま～す！」

実際には五分もしないうちに、毎阪《まいさか》さんは到着した。

ゆっくり勢いを増しながらまだ降り続いている雪が、ちいさな彼女のあちこちを白く彩っている。今日もお洒落でかわいいが、珍しくお化粧はしていない。

だから、いつもより幼く見えた。

すごく女子高生みたいだ。

目を輝かせて上気した顔をしているから、なおのことそう思う。

「雪すっごいですね！　前見えなくて転びそうになりました、タクシーの運ちゃんにもプープー鳴らされるしもう最悪！　子供のころは雪ってご褒美イベントだったのに！」

姦《かしま》しいとしか表現できない感じで喚《わめ》きながら、毎阪《まいさか》さんは迎え入れた私に突進してくる。

そして触れるか触れないかのぎりぎりのところで止まると、ぷるぷる震えた。

「先生～！　心配しましたよもう！　今日だけですごい老けましたっ、それで嫁の貰《もら》い手がなくなったら責任とってくださいね！」

はい。毎阪《まいさか》さんなら喜んで、結婚しましょう。と無意識に言ってしまいたくなるのをぐっと堪《こら》えて、私はひとまず深々と頭を下げる。本当に、私は責任を取るべきだ。

こんなに良いひとの心を乱し、振り回してしまったのだから。

「ごめんなさい、毎阪《まいさか》さん」

――謝ってばかりですね、というかかわいいあの子の幻聴が聞こえた。

「でも。もう大丈夫……でもないんですけど、ある程度は落ち着いてます。失踪《しっそう》とか自殺とかしないので、どうかご心配なく」

「はぁい。約束ですよ、そう言いながらさらっと消えちゃうひといっぱいいるんですからこの業界。指切りげんまんしましょうか、嘘ついたら先生の著作権ぜんぶも～らう♪」

たぶん冗談なんだろうと思わないとちょっと怖い真顔で言うと、毎阪《まいさか》さんは角度的に見えなかった背中に負っていたボストンバッグを床に下ろす。

中身がかなり詰まっているようで、どっしりとした音がした。

「毎阪《まいさか》さん。また何か、イベントにでも参加してたんですか？」

「ううん。ちょっと里帰りしてましてね、親とはもう没交渉なんで帰りづらかったんですけど……。わたしの顔を見るたび早く嫁げ、孫の顔を見せろとそればっかりで」

「里帰り？　毎阪《まいさか》さんのご実家って、どのへんでしたっけ？」

というか、帰省の時期でもないのに……何でまた？

「や、実家は意外とこのへんなんですけどね。わたしのほうが独立して都内に住んでますんで……だから実は、先生と打合せするたび親とかと擦れ違わないかなって内心ちょっと不安だったりしました」

「へぇ、毎阪《まいさか》さんはこのへん出身だったんですね」

「ええ。先生も確か一時期ちょっと離れてただけで学生時代はこのへんだったんですよね、じゃあ同じ小学校とかだったりしたのかも」

そこまで語りつつ、毎阪《まいさか》さんは神妙に顔を上げる。

「そう、その小学校が問題なんです」

「えっと……。よくわからないですけど、とりあえず座ってから落ち着いて話しません？　ダイニングに行きましょう、珈琲も用意したんですよ」

などと促してみたが、毎阪《まいさか》さんは聞かずにボストンバッグを開く。

そして分厚い、何だろう――卒業アルバムらしきものを取り出した。うん、卒業アルバムで間違いない。私も同じものを持っている、地元の小学校の卒業生に配られるものだ。

でも何で、そんなものを？

毎阪《まいさか》さんと私は世代が違うし、卒業アルバム片手に思い出話に花咲かせる～みたいなこともしづらいわけだけど。

でも。毎阪《まいさか》さんがあまりにも真剣で、何も言い出せない。

奇妙な胸騒ぎもした。彼女は何だか、とても大事なことをしている――気がする。

そうだ。彼女は私なんかにはもったいない、最高の編集者。

いつだって、作家が——私が迷っていたら、頼もしく導いてくれる。

疑問をテキパキ整理して、的確に答えを与えてくれる。

「えぇっと……。お、あった。これこれ、うわぁ恥ずかしいです当時の写真」

見覚えのある水色の付箋をつけたページを開き、毎阪《まいさか》さんが卒業アルバムを開いてこちらに見せてくれる。しゃちほこばった顔をした小学生たちが並ぶ、集合写真。

一目でわかった。その真ん中の最前列に、昔から小柄だったらしい毎阪《まいさか》さんがいる。野暮《やぼ》ったい感じの他の子供たちに比べて、何だか垢抜《あかぬ》けた印象。子供だてらに髪染めをしていたのか、なぜかうっすら赤い頭をしているのでよく目立つ。

「あはは。わぁ若気の至りです、名前に合わせて髪染めてたんですよね」

髪ではなく顔を真っ赤にして、恥じらいながら現代の毎阪《まいさか》さんは言った。

一瞬、どう解釈したらいいのかもわからない——不思議なことを。

「あぁ……。男の名前だからわかるでしょうけど毎阪幸広《まいさかゆきひろ》はペンネームでね、わたし、本名は坂下苺《さかしたいちご》っていうんです。男に憧れて、当時好きだったキャラの名前とかいちぶ借りして毎阪幸広《まいさかゆきひろ》になりましたけど」

坂下《さかした》、苺《いちご》？

苗字《みょうじ》が坂下《さかした》なのは、私の家に残された付箋から推測はしてたけど——苺《いちご》？

「……いちご、ちゃん？」

「わぁ、名前で呼ばないでください嫌いなんです。かわいくて」

震えながら名前を呼ぶ私に手を振ってから、毎阪《まいさか》さんはアルバムに収められている自分の写真を手のひらで隠す。

ううん。そうじゃない、他の誰かのことを指で示しているのだ。

「これ、見てください先生。先生のお話のなかで登場した、お隣の——虐待されてるらしいっていう男の子がいたでしょう。わたしもすぐ気づけよって感じなんですけど、滅多にない変な名前だし聞き覚えがあって……。念のため、調べてみたら大当たり」

毎阪《まいさか》さんの、さりげなく色の塗られたネイルの先。

写真の隅っこに、見覚えのある子供がいた。

でも。それは、そこに映っていてはいけないはずの子だった。

「あぁ、いつ見ても綺麗な顔……。ほら、ここに名前も載ってるでしょう。これが私の小学生だったころのクラスメイト、薬邸知夫《やくていしるふ》くんです」

先生の出したお名前とぴったり同じです、と毎阪《まいさか》さんは熱意をこめて告げてきた。

毎阪《まいさか》さんはいつだって、私を脅かすような嘘や変な冗談は言わない。

そして実際、卒業アルバムの集合写真——その下に、生徒ひとりひとりの名前が記されている。そのなかに、確かに、『薬邸知夫《やくていしるふ》』という名前があった。

「……しるふ、くん」

呻《うめ》く。

それは、どこからどう見ても——。

かわいいあの子、しるふくんだった。

CHAPTER—6

# FAIRY TALE

——どういうことなんだろう？

とっぷり暮れたその日の晩、私はいちばん腰が落ち着く仕事部屋の椅子に座って物思いに耽《ふけ》っていた。かれこれ数時間も、ずっとほぼ微動だにせずに。

愛用のノートPCを睨《にら》みつけ、ワープロソフトを開いて……。小説の構想をするみたいに手元にある情報や推測を並べたり繋《つな》げたりして、ひとつの物語にならないかとこねくり回している。ずっと、飽きもせずに延々と。

そういう時間はまるで苦にならない。一応、腐っても小説家だ。

「…………」

深々と溜《た》めていた息を漏らし、画面に並んだ文章を上から下まで順繰りに眺めて。

長々と紡いだ文章の結論として、こう記した。

——あの『穴』は、過去に繋がっている。

その結論は、毎阪《まいさか》さんと交わした会話のなかですでに出ていた。

あまりにも現実的ではないので、普通は笑い飛ばすべきお馬鹿な結論だったが——私も毎阪《まいさか》さんも現実よりも空想のほうがむしろ身近に感じる、作家だから。

自然と、そういう不可思議なこともあるのかもしれない、と感じた。理屈ではなく本能で。実際、時代や歴史によってころころ変わる常識というものが、いったいどれだけ盤《ばん》石《じゃく》だというのだろう？　場合によってはＢＬ小説のなかで行われ賛美される愛が、死刑にも値する罪になったりもするのに？

もちろん専業作家である私に比べて現実に寄り添っている社会人の毎阪《まいさか》さんは、最後まで疑うべきだと主張していた。すべて神さまや妖怪のせい、と考えたほうが楽ではあるけど――それは単なる思考停止だ。知性ある人間として、最後まで疑い思索すべきだ。

なので。毎阪《まいさか》さんがどうしても仕事に戻らなくてはいけなくなって、何度も頭を下げながら立ち去ってしまった後も、私はこうして熟慮している。

もともと私の問題だし、重大なヒントを与えてくれただけで毎阪《まいさか》さんにはどれだけ感謝してもし足りない。彼女が多忙にしているのは原稿が遅れに遅れている私のせい、というのもあるのだろうし。……正直なところ心細いが、仕方ないのだ。

「過去。しるふくんは、過去からきた」

独りごちてから、すっかり冷めた珈琲《こーひー》を口に含む。

「それが真実だとして――じゃあ、どうするか？」

カフェインで脳を活性化させながら、私は毎阪《まいさか》さんとの会話を思い出す。

○○○

回想のなかの毎阪《まいさか》さんは、いつも可憐《かれん》な上目遣いだ。彼女はちいさいし、私は無駄にデカいのでどうしても見下ろしてしまうことになるから。

座高で比べても同じで、私の自宅のダイニングで向きあいながら話している間ずっと、私は毎阪《まいさか》さんのおでこやかわいいつむじを見ていた（目と目と合わせるのは苦手だ）。

「他人のそら似とかじゃなくて、本当に――この子なんですね？」

「はい」

念を押してくる毎阪《まいさか》さんに、私自身も未《いま》だ動揺を引きずりながらはっきり頷《うなず》く。

見間違えるわけがない。今日は朝からずっと、しるふくんと一緒にいたのだ。

卒業アルバムのなか、ぼんやりと立っている『薬邸知夫《やくていしるふ》』という男の子は――未だ一ヶ月にも達しない間ずっと、私にたくさんの感情や温《ぬく》もりを与えてくれたあの子だった。

これが間違い探しなら難易度が高すぎると思うぐらい、ほぼ変わらない。

これは卒業時の写真だというから、今たぶん小学五年生である私の知るしるふくんの一年後の姿なのだろうけど……。子供は成長が早いはずなのに、ぜんぜん差異がない。多少、髪が伸びた上で散髪に失敗したかな、みたいな不揃《ふぞろ》いな後ろ髪をしてるぐらいで。

自分で、鋏《はさみ》とかでじょきじょき切ったのだろうか。

丁寧に髪を整えてくれる家族もいないんだろうし、彼は床屋さんに行けるような持ち合わせもないのだろうから。背も、写真だとわかりづらいけどすこしは高くなっているか。

でも、同じ子だ。これはしるふくんだ……。他の誰でもない、あの子だ。

「どういうことなんでしょう」

毎阪《まいさか》さんがそれから私が脳内で何度も繰り返す疑問を、声にしてつぶやいた。

「薬邸《やくてい》、知夫《しるふ》くん——わたしは名前をわざと意地悪して間違えて『トモオ』って呼んでましたけど。あの子が、先生の言っていた『しるふくん』と同じ了？」

「はい。っていうか何で意地悪するんですか、しるふくん嫌がって愚痴ってましたよ？」

「いやうん、怒った顔がかわいかったんですよ。美形な子って何だか無表情に見えるから、怒ったりして表情が変わると安心したっていうのもあります」

毎阪《まいさか》さん——しるふくんの宿敵っぽい存在だったのだろう、いちごちゃんは苦笑した。

「たぶん好きだったんでしょうね。だから、ちょっかいを出してたんです。わたしの初恋でした——だってさ、こんなに綺麗《きれい》なんですから。少女漫画とか好きで読んでたらね、これはわたしのための男の子なんだって思いこんじゃいますよ」

「こ、恋人になったりしたんですか？　気持ちを告白したりして……？」

何だかつい気になってしまい、下世話なことを尋ねる私だった。

「無い無い」

毎阪《まいさか》さんは照れ臭そうにはにかんで、ぴらぴらと手を振った。

「小学生ですよ。わたしはだいぶ、ませガキでしたけどね……。恋に恋する段階でもなくって、単に現実と少女漫画の区別がついてなかっただけ。でも彼、ぜんぜん少女漫画の男の子みたいな反応しないから……。変だなって不安になって、しつこく絡んじゃいましたけど」

その気持ちは、ちょっとわかる。

私は漫画は今も昔もあんまり嗜《たしな》まないけど、小説でよく描かれる筋書きが現実にはまるで起こらないので、変だなって思ってしまうことはあった。今でも、わりとある。

ちょっと遠目に見て良いなって思っていた同じクラスの男の子は、当たり前のように私以外の子と恋愛していて……。私のことなんかあんまり認識もしてない、なんてのはよくある青春の痛い思い出。

この現実は私たちに都合良くつくられてはいないし、私は主人公ですらないのだ。もちろん誰でも、自分の人生の主人公ではあるのだけど――。

すべての物語の、主人公なわけではない。当たり前だけど。

「お陰で嫌われてね、六年生になってからは話もしなくなりました。そのまま進学して、それっきり……。でも初恋って、意外とけっこう覚えてるもんですね」

ふむ。私は毎阪《まいさか》さんの大ファンなので、何かのインタビューで初恋はペンネームの元になった漫画のキャラだと発言していたのを覚えてるけど。嘘《うそ》つきとは言うまい――彼女は娯楽小説の作家だった、つまらない現実より嘘でも面白い話をしちゃうのだろう。

それを言ってみると、毎阪《まいさか》さんはさらに苦い顔になった。

「あはは。そんなことまでよく覚えてくれてますね、光栄です。何かインタビューとかで繰り返すうちに自分で自分を洗脳したというか、それが事実だと思いこんでた気もします。先生から話を聞くまで、トモオ――しるふくんのことは記憶の片隅に封じてたというか」

あまり叶《かな》わなかった初恋の話など続けたくなかったのか、毎阪《まいさか》さんは「それはおいといて」という仕草をした。

「でも。ちょっと話題になったので覚えてるんですけど、ってか記憶を辿《たど》って思いだしたんですけど――あの子は中学生のころに失踪《しっそう》してるんですよ。一家まとめて、忽然《こつぜん》と消えたとか」

「失踪……。な、何でですか？」

「さぁ。何か借金苦だったとか、親が犯罪をして警察に追われたから逃げたとか、あれこれ噂《うわさ》になってましたけどね」

そうなのか……。そんな騒ぎがあったことを、私は寡聞《かぶん》にして知らなかった。

毎阪《まいさか》さんと私の年齢は十歳ほど離れている。だから計算すると、当時の私は幼児だし──まぁ覚えてたほうがむしろ変なのだけど。

何だかちょっと、悔しい。

しるふくんの苦難を、知ることもできない呑気《のんき》な立場だったことが。

○　○　○

「わたしはそれこそ警察じゃないので、正確な事実はわからないです」

毎阪《まいさか》さんは記憶を掘り返しているのだろう、遠い目をして語っている。

「べつに失恋の痛手を癒《いや》すため、ってわけでもないですが──わたしはＢＬに目覚めて創作や読書に溺《おぼ》れてましたし。それからも震災があったりして、町全体が大変でしたからね。今ではもう、ほとんど誰も覚えてないんだと思いますよ」

ふむ。震災は十五年ほど前だったっけ……。そのせいで避難したかったのもあって、一時的に私は両親とともに震源から遠い地方に引っ越したのだ。住み慣れた町から頑《かたく》なに動きたがらなかった祖母だけを、仕方なくこの地に残して。

しばらく向こうで暮らして、それから交通事故に遭って……祖母を頼って出戻ってきたのだ。こうしてあらすじを辿ると、私もけっこう波瀾万丈《はらんばんじょう》な人生を送ってる気がする。

その後も借金漬けにされたり、小説家としてデビューしたもののろくに売れずに心を微妙に病んだりしてたしね……。

もちろん世界でいちばん不幸だ、なんて嘆くほどでもないけど。

それなりに大変だった己の半生を振り返っている私に、毎阪《まいさか》さんは語りつづける。

「もちろん。その後の、あの子の消息についてはまったくわかりません。わたしも親と大《おお》喧嘩《げんか》して、家を飛び出して都内で一人暮らしを始めたりしましたしね——地元の噂話すら耳に入ってこなくなりましたから」

ふむ……。しるふくんは失踪し、その後のことはわからないと。一家で無理心中、とかしてないことを祈るしかない。

今の私にはどうすることもできない、過去の出来事なのだから。

でも。

「だけど。なぜか今、先生の自宅の壁に空いた『穴』が過去に繋がっている……と」

毎阪《まいさか》さんは頭の回転も速いし元・作家として空想力も高い、後に私がいろいろ考えて得た結論に早々に辿り着く。

あまりにも突飛な話なので、私はすんなりとは納得ができなかった。

「やっぱり、そういうことなんでしょうか」

「たぶん。それはいわゆるワームホールっていう――別の時空と繋がっている『穴』なんでしょう、SF小説ではもはや手垢《てあか》がつきすぎてあんまり見かけなくなったぐらいの定番ネタではありますよ」

別の時空に繋がる『穴』。今回の場合は、推定で三十年ほど過去へ繋がっている。

そう考えると、いろいろ辻褄《つじつま》が合う。

三十年前ならまだ震災の前だから、この町はかなり活気づいていた。温泉地の周りも発展していたことだろう――しるふくんは、その時代の子なのだ。

だから、この町にはたくさん遊び場や観光スポットがあると思っていた。

当時はデパートのアイス売り場も普通に営業していたのだろうし、そのときに接客したのだろうあのお爺《じい》さんの店員はしるふくんを見て「背が伸びていない」みたいに言った。

当たり前だ。この現実では三十年が過ぎているが、あの子はたぶん母親と一緒に買い物に行ったころからそんなに成長していない。ちいさな子供のままなのだ。

むしろあのお爺さんのリアクションが、惚《ぼ》けすぎだった気がする。いろいろ曖昧《あいまい》になっているようなご年配のかただったけれど——三十年も過ぎて覚えのある子が当時と同じ姿で来たなら、むしろ『息子さんかな？』みたいに思うべきではあった。

しかし、いま気づいたがしるふくんは毎阪《まいさか》さんと同い年なのか。じゃあ、ご存命だとしたらもう今年で四十歳ぐらいだ。四十歳のしるふくん……全然、想像がつかない。

どんな大人になっているのかな。

それとも。大人になれずに——ううん、そんなのは考えたくない。

生きていてほしい。かわいくなくなって、みっともなく中年太りしてハゲてたりしていてもいい。私のことなんか忘れてくれてもいい、もともと別の時代の住人なのだろうし……。『可哀想《かわいそう》な子』のまま、命まで失っていることがないように願う。

できれば、幸せになっていてほしいな。

誰か優しいひとと愛しあって、安らかな家庭を築いたりして……。

「『夏への扉』ですね。いや、あんまり上手な喩《たと》えじゃないか」

毎阪《まいさか》さんが独り言のように、ぼやいた。

ふむ。あの『穴』は、ほんとに私から見れば夏への扉だ。たぶんあの『穴』で繋がってる過去の季節は夏なのだろう、だからしるふくんは寒そうな薄着だった。雪を見て、あんなにびっくり仰天しておおはしゃぎしていた。

いろんな疑問に辻褄が合い、推測まじりながら答えが出せるようになって——。

でも、根本的なところがわからない。

何で、そんなタイムマシン的な『穴』が私の自宅に空いたのか。

なぜ三十年ほど前の夏に繋がっているのか、どうして——私やしるふくんなどにしか認識できないのか。それらには何か意味があるのか、すべて単なる偶然なのか。

わからない。

はっきりしていることは、ただひとつ。

それが偶然であれ何であれ、私はしるふくんと時空を超えて出会ってしまった。そして彼を愛《いと》おしく思ってしまった——だからもう、見なかったことにはできない。

あの『穴』と、しるふくんと、きちんと向きあいたい。

そして、できればすこしでも幸せにしてあげたいな。

だって。私はあの子のお陰で、いっぱいいっぱい——温かくなったのだから。

「……すみません。社会人って辛い、編集長から呼び出しがかかりました」

そこで時間切れで、毎阪《まいさか》さんがスマホ片手に立ち上がる。

「わたしもいろいろ考えを練ってみますから、また後で話しましょう。いったん失礼します——って、何だか新作の打合せとかしてるみたいですね」

「ええ。ふふ、本当に」

ぜんぶ小説の構想とかだったら、良かったのに。

○　○　○

ぴんぽん、とチャイムが鳴る。

回想と物思いに耽《ふけ》っていた私はビクッとして、思わず仕事机に手をかけて腰を浮かす。誰だろう——こんな時間に、と普段は存在を忘れている壁掛け時計を見て思った。

午後六時半。

べつにどこかの家庭を訪問するのにあたって非常識とされる時刻ではないけど、普段は誰も我が家には寄りつかないのでちょっと驚いた。最近そういう法律ができたのか土地柄なのか、セールスマンのたぐいすら滅多《めった》に見かけない。

毎阪《まいさか》さんが、また資料と称して同人誌の箱詰めでも送ってきたんだろうか。彼女、無駄にスペースの余っている我が家を同人誌の保存庫のひとつに数えている気がする。

——ぴんぽんぴんぽんぽんぴんぽん。

続けざまに、何度も響くチャイムの音。考えこんでもいられない——私はずっと同じ姿勢で座っていたせいで強《こわ》ばった己の身体を撫《な》でつつ、松葉杖《まつばづえ》をついて玄関へ向かう。

インターフォンはダイニングにあるのだけど、歩くのがいろんな意味で億劫《おっくう》だ……そのまんま玄関に向かったほうが早い。女の一人暮らしなので念のため警戒してドアチェーンをかけつつ、ゆっくり玄関扉を開いた。

「はぁい……？」

「うしおさ～ん！」

声でわかったが、訪問者はしるふくんだった。

彼はなぜか扉からやや離れたマンションの廊下、外に接した壁に背中を預けて両手を羽ばたかせるみたいに振っていた。買ってあげた服をそのまんま着ている彼は、黒雲の隙間から零《こぼ》れる光を浴びて——うっとりするほど蠱惑《こわく》的だった。

まだ見慣れない服装だし、彼が『穴』ではなく普通に玄関からきたのが変な具合で、私はちょっとだけ戸惑う。

「ごめんなさい、まだお仕事ちゅうでしたか？」

そんな私の態度を敏感に察して、しるふくんは申し訳なさそうにもじもじとする。

お仕事？　あぁ——私が途中で遊び歩くのを中断して自宅に戻ったのは仕事があるからだ、という彼の思いこみをべつに否定してなかったか。あなたや『穴』について考察するためだよ、などと説明しづらかったし。

みたいなことを考えつつ、ついじっくりと彼を矯《た》めつ眇《すが》めつしてしまった。しるふくん。浮世離れした、妖精さんみたいな美貌の男の子。彼は『穴』を潜って、約三十年前の過去からやってきた——。

仕事部屋で悶々《もんもん》と練り上げた推論が、彼を見ているとふわっと霧消してしまう。綺麗だけど、普通の男の子に見えるんだけどな。いや、単なる過去からきた子というだけなら——べつに我々と明確な差はなくて当然なんだけど。

彼の細かな表情の変化、衣擦《きぬず》れの音、その他もろもろの気配が妙にリアルで……。ぜんぶ私や毎阪《まいさか》さんの馬鹿馬鹿しい空想なのではないか、なんて思ってしまった。愚かしくも。

「あっ、やっぱりまだお仕事ちゅう……でしたよね。ごめんなさい、もうちょっとお外で時間を潰してきます」

「いや、待って待って。大丈夫だから、あがってって」

こちらに背を向けてエレベーターのほうへ向かおうとするしるふくんを、慌てて呼び止める。同時に、ちょっとした疑問を抱いた。

——いつもは『穴』を通ってくるのに、何で今日は玄関から？

「えっと。しるふくん、もしかしてずっとお外にいたの？　てっきり、いったん家に帰ったんだと思ってたけど……？」

この子とは、それこそ自宅の玄関前で別れた。お隣さんだ、歩けばすぐそこだし——しるふくんもおうちに戻ってるものだとばっかり。

「ん～。でも何か、ドアが開かなくて」

言いながら、ほらほら、としるふくんは自分のおうちの玄関扉のドアノブをがちゃがちゃやる。あぁ、自宅の鍵とか持ってなくて閉めだされちゃったのかな。

それは、気づかず悪いことをしてしまった。

ご家族は、たぶん不在だったとかだろう。未だにしるふくんのご両親が家にいるのを見たことがないし、たぶん兄弟姉妹もいないっぽいから。

「いつもは開けっぱなしなんですけどね」

しるふくんは私が手招きすると、嬉《うれ》しそうに寄ってきながらぼやいた。

「お父さん、帰ってきちゃったっぽいです。嫌だなぁ……なぜか家には入らずに、そのへんをウロウロしてるみたいなんですけど。お父さんって呼んだのに、逃げちゃうし」

「あぁ……。鍵はご両親だけが持ってる、感じなのかな」

子供には鍵を与えず、自分たちだけは鍵を持って外を遊び歩いている……のだろうか。

彼の家庭環境はいまいち謎だし、語り口も曖昧《あいまい》なのでよくわからない。

しかし、しるふくんのお父さんが帰ってきたのか。

何回か交わした遣《や》り取《と》りのなかで、それは彼にとってあまり歓迎できない事態だということは伝わってきている。お父さんが帰ってきたとき、しるふくんが家のなかにいるとお母さんが怒るとか。

そう頻繁なことではないので、しるふくんのお父さんは何となく単身赴任でもしていて普段は遠くで暮らしてたり、奥さんと離婚調停中とかで別居してたりするのかな、みたいな想像をしている。普通のお父さんだったら毎日、帰ってくるだろうし。

……うん？

私は微妙に引っかかって、脳内に発生した疑問の輪郭を探る。

毎阪《まいさか》さんの話では、しるふくんの一家は失踪したのではなかったか。毎阪《まいさか》さんが中学生のころというから、たぶん二十数年ぐらい前に――。

私のようにいったん離れて、出戻ってきた感じだろうか。

なぜか、得も言われぬ悪寒がした。

……いやいや。ちがう、しるふくんが語っているのは彼にとっての現在の話で——私から見れば過去の話だ。三十年前のことだ、今とは状況が変わっているはず。

でも。私は普通にこの現代でも、外でもしるふくんの父親らしきひとを見た。

隣室の住人、サラリーマン風の真面目そうな……。ううん、あれがしるふくんの父親だと確定したわけじゃない。しるふくん自身に、いわば本人確認をしてもらったわけじゃないのだ。

私が、勝手にそう推測してただけで。

もしかしたら、あのひとはしるふくん一家が失踪したあとに引っ越してきたまったくの赤の他人なのかも。その可能性も、当然ある。

ううん、ううん……。でも今しるふくんは外でお父さんを見かけた、みたいなことを言ってなかったか。まがりなりにも親子だ、まさか見間違いでもないだろう。

外で、つまりこの現代で、しるふくんは父親と遭遇している?

どういうこと?

うまく考えがまとまらない——もどかしい、でも何かが猛烈に引っかかる!

「……えっと。とりあえず、お外は寒いだろうから入って」

疑問が渦巻き頭がぐらぐら煮立つような感じをおぼえつつも、私はひとまずそう促した。

何はなくとも、この子の健康が大事だ。風邪を引いたりしたら大変。

夏から冬にやってきたこの子は、環境の変化に身体が混乱してあっさり体調を崩しちゃいそうだし。この子にとっては季節の変わり目、どころじゃないのだ。

労《いたわ》ってあげないと。せめて、私だけは。

「うわぁい！　嬉しいです、ほんとに寒かったんですよ……お外！」

満面の笑みで、しるふくんが当たり前のように抱きついてくる。

「変ですよね、夏なのに？　近ごろ噂の、異常気象っていうやつですか？」

あぁ、三十年前からそんなふうに言われてるのか。

まったく同じ一日なんてない。

世界は常に変わり続けてるから、いつだって異常ではあるんだろうけど。

「うん。たぶんね、そうなのかな」

私はそう言いながら、ほんとに冷えていて震えている彼を、抱き寄せる。

熱を、共有する。

温もりを与えたかった、雛鳥《ひなどり》のようなこの子に。

○　○　○

自宅のダイニングキッチンで、ふたり並んで料理をしている。

新婚さんのように。なんて形容するのは、年齢差があるから相応《ふさわ》しくないけど。

「ふんふふ～ん♪」

しるふくんは上機嫌で、やや危うい手つきで包丁を操っている。男の子っていうことだろうか――ちょっと怯《ひる》むぐらい、お野菜を切り刻む手つきは暴力的だ。

はらはらしながら、私はそんな彼への注意を怠らぬまま卵を茹《ゆ》でている。

「本当にごめんね」

また謝ってばかりと言われるかなと気兼ねしつつも、私はしるふくんに頭を下げる。

考え事に没頭するあまりに、うっかり晩ご飯の用意をしていなかったのだ。期待させていただろうアイスも当然、つくれていない……。あぁ、無垢《むく》な子供との約束を破ってしまった。罪悪感がすごい。

でも。いつもは野菜を洗ったりとか簡単な手伝いしかさせてあげなかったから、しるふくんは一緒に料理ができるというだけで上機嫌になってくれた。

二人でやったほうが早く済むし、前からしるふくんは料理を教わりたがっていたので
——せっかくだし、なんて思って提案してみたのだけど。

思いの外に、好反応。

料理や食事はさっさと終えて、いろいろ話したいな……なんて考えたからなんだけど。

しるふくんは私が己の願いを叶えてくれた、みたいに思ってくれたみたい。

「えへへ、うしおさん優しい！　料理も楽しいです、次はどうすればいいんですか？」

こちらを見つつたぶん無意識だろうが包丁を向けてくるので、ちょっと怖い。

私はやんわり彼の手を覆うようにして、おかしな包丁の握りかたを正してあげつつ。

「う～ん。とりあえず、つくりすぎても余らせちゃうし……これで充分かな。いや今日はカレーライスにしようと思うから、たくさんつくっても良いっちゃ良いんだけど」

「カレー大好き！　あれっ、でもじゃあ何で卵を茹でてるんですか？」

「えっ、しるふくんのおうちではカレーに茹で卵を添えたりしない？」

ご家庭ごとに、そのへんは細かな差異があるのだろう。いや、しるふくんの家庭環境的に——カレーとかつくってもらったことがない可能性があるけど。

「う～ん？　給食のやつには入ってなかったですけどね、卵？」

「あっ、苦手とかだったら言ってね。茹で卵は置いといて、後で私が食べるから」

「おれ、好き嫌いないです！　卵も好き！　いつかのオムライスも美味《おい》しかったです！　また食べたい〜、うしおさんの料理はぜんぶご馳走《ちそう》です！」

しるふくんはなぜか夢中でこっちを見ながら話すので、ほんとに手元が疎《おろそ》かになってて危なっかしい……。野菜はもう充分だし、いったん作業を止めてもらおう。

「しるふくん。ごめんだけど、食卓を布巾で拭いてきてくれる？　料理は、あとは私がやっちゃうから」

「らじゃ〜です！　あとは任せました、うしおさん！」

やんわり遠ざけられたことに気づきもせず、しるふくんは素直に布巾を受け取ると食卓のほうへ駆けて行く。いや、べつにダッシュしなくてもいいんだけどね。

楽しげに働くちいさな彼がたてる音を、聞くともなく聞きながら——。

こんな時間がずっと続けばいいのに、って思った。

しるふくんと、特別なことなんてなくてもいい——何でもない幸せな日々を過ごしていきたかった。ずっと、ずうっと。

○　○　○

すっかり当たり前になった、楽しく賑《にぎ》やかな食事を終えて。

泡まみれで食器などを洗っていると、歯磨きするように言っておいたしるふくんがコップと歯ブラシ片手に寄ってきた。そして、なぜか私に寄り添って顔を押しつけてくる。

「えへへ、うしおさ〜ん……♪」

何か最近、どんどん甘えん坊さんになってるな……。嬉しいけどじゃっかん洗い物の邪魔だし、彼の口から溢《あふ》れた歯磨き粉とかが服について困るのだけど。

まぁ、いいか。好きにさせてあげよう、あったかくて——彼とくっついてると暖房いらずで電気代の節約にもなるし。なんて自己弁護しながら、いちおう一言だけ。

「こぉら……。歯磨きは洗面所でしてね、鏡を見ながら歯の裏まで綺麗にするんだよ」

「がっしゅがっしゅがっしゅ」

謎の言語で答えられたが、どうも歯磨きしながら喋《しゃべ》ってるせいで発音が不明瞭になってるらしい。コップに入った水で口をゆすぎ、しるふくんは流しにそれを吐く。

「もう、唾《つば》が洗った食器についちゃうでしょう」

ばっちいよ、と言いかけて——私はその言葉を飲みこむ。

この子は汚くなんてない。虐げられる理由なんて、ない。

「はぁい。ごめんなさい、うしおさん」

何を言ってもあんまり懲りずに、しるふくんはご機嫌な笑み。小走りでコップなどを洗面所に置いてくると、あっという間に戻ってきて今度は全身で抱きついてきた。

「うしおさんうしおさん」

「……なぁに？」

今日はやたらといつもより絡んでくるな、とすこし不思議に思って彼を見る。何か言いたいことでもあるのかな、と思った。

べったり密着してるので、彼がすこし動くだけでおおきな刺激が伝わってくる。

でも、べつに不快ではなかった。

両手が食器やスポンジで塞がってなかったら、全力で抱き返したいぐらいだった。

「あのう――うしおさん、今日はこっちで寝てもいいでしょうか」

うずうずしている私をつぶらなお目々で見上げて、しるふくんが囁《ささや》いてくる。

「ご迷惑だとは思うんですけど……。今日は、もしかしたらお父さんが帰ってきてるかもしれないので。お外で見たし、その可能性は高いってやつです」

「あぁ――」

私はちょっと、返事に困る。

彼と私の生きている世界はちがう、時代がちがう……。この現代でお父さんを見かけたとしても、しるふくんが『穴』を通って戻ればそっちにはお父さんはいない可能性も高い。あれが唯一の、過去と現代を繋ぐ扉だと思うから。

異なる時空を繋ぐ『穴』なんかが、あちこちで空いてるなんて思いたくもない。

私はすこし思案し、ちょっと申し訳なかったけど首を振った。

「駄目だよ。ちゃんと、自分のおうちで寝て」

むしろ今、外で彼の父親がうろついてるなら、こっちの時代でこそ遭遇する可能性が高い……。

彼の時空、三十年前のほうが安全圏であるはずだ。

ただ何も知らないしるふくんの恐怖や警戒もわかるので、こう言い添える。

「でも。もしおうちにお父さんが帰ってくる気配がしたら、こっちに逃げこんでもいいから。一緒に寝てもいいから、ね」

「う～……。はい、そうします」

ちゃんと要求が通らなかったのが不満なのか、しるふくんは拗《す》ねた顔をする。ほんとに父親が怖くもあるのだろう、ちょっと涙ぐんですらいた。

さすがに可哀想になったし、ふと思いついたこともあって——。

「その代わり、眠くなるぎりぎりまで一緒にいてあげる」

それなりの勇気を振り絞って、私はある提案をした。

「たまには、私がしるふくんのおうちへ行きたいな。そっちで話そうよ、私ばっかり私生活とか知られて不公平だもん——あなたのことも、いろいろ教えてほしいな」

「えっ……。うちに、くるんですか？　うしおさんが？」

しるふくんは意外そうに目を白黒させて、かなり驚くぐらいの抵抗を示した。

「でも。うちに、よそのひとを入れちゃ駄目ってお父さんと約束したんです。言いつけを破ったら殺す、って」

「…………」

殺すって、実の子供に？　こんなに良い子の、しるふくんに？

私の胸のなかに、冷たいものが巡る。それは殺意に近い、黒々とした怒りだ。

許しちゃいけない。私なんかが、偉そうに他人様《ひとさま》をお説教もできないけど。

それでも。

「そうしよう。うん、すてきな思いつきだと自分でも思う。今日は眠くなるまで、しるふくんのおうちで話そう」

我ながらもろもろの感情のために震えた声で、強引に——私はそう言った。

歩くのにも不自由する身の上だけど、踏みこみたいと思った。

闇が渦巻く、『穴』の向こうへ。

○　○　○

指折り数えてみると。

今日でたぶん、ちょうど一ヶ月ぐらいだろう。

『穴』を見つけ、その奥から綺麗な顔を覗《のぞ》かせた彼――しるふくんと出会ってから。

長いようで短い、充実した毎日だった。

それなりに波瀾万丈だったと近ごろ気づいた私の人生においても、たぶん特筆すべき不可思議な一ヶ月間……。奇想天外で、支離滅裂で、もし小説にしても『そんなこと、あるわけない』って読者の半笑いを誘ってしまいそう。

でも、確かに幸せだった。

生きている実感と、おおいなる喜びがあった。

妖精さんのような彼に導かれ、私は空想もしていなかった物語のなかを歩いていた。

笑顔で、生きていられた。

――この瞬間までは。

渋るしるふくんを説き伏せて、私は物置に空いている『穴』を潜った。

○　○　○

自宅のなかだし、望めば数分もかからずに辿り着ける。歩行に必要な松葉杖を先に『穴』へ放りこみ、遅れてもたもたと私自身を滑りこませる。

『穴』はすっかり広がりきっていて、私でも余裕で潜《くぐ》り抜《ぬ》けられる。

とくに何ということもなく、通過。

もっと魔法みたいな演出とか吐き気や違和感とか、何かあると思っていたので拍子抜けではある。普段はしない姿勢になったのでやや全身が痛むが、それはそれ。

『穴』を潜りながら隣室の気配を探り、誰もいない――としつこいぐらい確かめてから、常に閉じられていた向こう側の襖《ふすま》を開く。

この仕切りのせいで、隣室の様子はまるでわからなかったわけだけど。

もしも。もっと早く興味を抱き、あるいは偶然にでもこの襖を開いていたら――。

私には悠長に推論などを並べたりしている余裕すらなかったのだと、気づけたのに。

「うっ――」

最初に感じたのは、ほのかな異臭。

『穴』を潜り、しるふくんのおうち側の物置に膝《ひざ》を突いて、私は尻を突き出す情けない姿勢で硬直する。先に投げておいた松葉杖を回収するのも忘れて、己の鼻を両手で塞ぐ。

何だろう、嫌なにおいがする。

ただ必死に消臭剤でも散布したらしく、襖を閉めるだけで私のおうちのほうにはにおいが届かなかった——ようだ。私が鈍いだけかもしれないけど。でも襖を開き、しるふくんのおうちに漂う空気に触れたらすぐにわかった。

空気が変だ。嫌なものが混じっている、鼻というより舌にくる。

それに、見える景色も異様だった。

襖の向こう——しるふくんの自宅は、マンションなのだし私のおうちと間取りはほぼ同じだろう。左右対称なのか、物置のある私の寝室と同じ広さの空間が広がっている。

だが、そこはめちゃくちゃに荒れ果てていた。

一度も掃除をしたことがないのだろう、と思ってしまうぐらいだ。目立つのは大量の黒いゴミ袋——分別もせずにぎゅうぎゅうに詰めこまれたゴミで充《み》ち満《み》ちた、黒い塊だ。

それが床を覆い、堆《うずたか》く積み上げられている。

足の踏み場もない。

家具のたぐいは見当たらない。最初から存在しないか、ゴミ袋で埋まって見えない。悪臭の原因は、これだろうか。生ゴミのにおいか……。見た感じ食べ終えたコンビニ弁当のケースなどもゴミ袋に入っているし、それが腐っているのだ。

正直、とても人間の暮らしていける環境じゃないように思えた。どうすればこんなに汚せるんだろう——生理的嫌悪感が湧いてきて、私は嘔吐《えず》いた。

「うしおさん？」

私の後ろからついてこようとしているのか、しるふくんが声をかけてきた。その清涼な声に癒されて、私は我を取り戻す。固まってる場合じゃない。

「入らないんですか？　つっかえちゃいましたか？　お尻を押しましょうか？」

「ううん……。いや、大丈夫。触らないでね、お尻」

うっかり転げ落ちないように気をつけて、慎重に隣室へ足を下ろす。どうしようもなくゴミ袋を踏むことになって、このときばかりは左足の感覚がないのを喜んだ。

これも薄汚れた壁に手を当て、体重を支えてしっかりと片足で立つ。

松葉杖を手元に引きこみ、すこし噎《む》せて咳《せ》きこんだ。

空気が悪いのもあるが、どうも酷《ひど》く蒸し暑い……。こちらの季節は、夏なのだ。明確に室温が変わったことからみて、『穴』はあまり空気は通過させないらしい。

だから、においもほとんど届かなかったのだろう。私のほうでエアコンをきかせても、あまり意味はなかったのかも。

汗ばむほどで、不快感が増す。一秒だってこの場に長居したくない。

あぁ、しるふくんの気持ちがわかった。

そうだよね。できるだけ長く、私のおうちにいたかったよね。

まるで察してあげられなくて——ううん、知らなくてごめんなさい。

「よっこいしょ」

申し訳なさに打ちひしがれていると、当の本人、しるふくんはわりと気軽な調子で飛び降りてきた。べつに笑ってもいないが、私のように動揺してもいない。

彼にとってはこれが当たり前なのだ、自分が不幸で可哀想だなんて夢にも思わず生きてきたのだろうか……。もちろん彼は聡《さと》い子なので、変には思っていただろうけど。

「あれ。やっぱり暑いですね、うちは」

せっかくのお洋服が汚れそうだし——と嫌そうに言っている彼を、私は肩越しに見る。

「しるふくん。今日の、でなくても最近の新聞とか……日付がわかるものないかな」

立ち竦《すく》んではいられない。いろいろ確かめたりするために、私はそう言った。

そのために、勇気をだして踏みこんだのだ。

納得するまで調べて、いろんな疑問に答えを出したら。たとえ誘拐犯とか呼ばれてもいい——このゴミだらけの場所から、一刻も早くしるふくんを連れて逃げよう。

こんな地獄から、遠ざかろう。

○　○　○

他のどの部屋の印象も、ほぼ同じだった。

しるふくんの自宅には、汚濁と荒廃だけがあった。積み重なったゴミ袋。その隙間から垂れ下がった脱ぎ散らかされた衣服。雨漏りでもしたのか、壁に嫌な染みまである。

ただ、ひとつ気づいた。

どうもしるふくんの時代から私の時代までの約三十年の間に、この建物は改築が行われたようだ——ということ。

たぶん例の震災で一部が崩れるか何かして、全面的に修理などの手が入ったのだろう。建築業者がケチったのか何なのか、例えば『穴』の空いた物置のある部屋などはそのまま活用されているようだけど。

微妙に、私の自宅と間取りが異なっている。

それに狭い。たぶん全体的に見ると、私の自宅の半分ほどの面積しかない。部屋数もワンルームを無理に仕切ったようなたった二つだけで、そこにちいさな洗面所とトイレなどがついている感じ。

しるふくんが、我が家のお風呂の広さを喜んでいたのも――そういうことだろう。いかにもな貧乏所帯だ。一家三人がここで暮らすには、ものすごく手狭だったんじゃないか。もちろん、そう感じるのはかなり散らかっているせいでもあるのだろうけど。

あちこちに限界まで積み重なったゴミ袋は、私がちょっと歩くとその震動で落ちたり崩れたりする。そのたびに、けっこうギョッとするほどのおおきな音がした。

幸いにもしるふくんの両親は不在らしく、静かなので余計に物音がよく響く。

「あぁ――」

身の置き場がなく、私が『穴』のある部屋の中途半端な位置に立ち尽くしていると。

「またお母さんが怒ってますね」

不思議なことを言いながら、一瞬だけ姿を消していたしるふくんが戻ってきた。

何の断りもなかったのでどこに行っていたんだろう、と疑問に思っていたけど――しるふくんの手元を見て、察する。

彼は手に、チラシを持っていた。新聞などがないか、と私が聞いたので郵便受けなどを確認しに行ってくれたのだろう。

「うちはお金なくて新聞は取ってないので、チラシだけなんですけど」

彼は忠犬めいて、足場が悪いなか小走りに寄ってくる。

「日付が入ってるのもありますし、これで大丈夫でしょうか……。ちゃんと今日のやつですよ、たぶん」

「ありがとう」

妙に恭《うやうや》しくチラシを差し出してくる彼に、お礼を述べて。

すこし生唾を飲んでから、手渡されたチラシを見た。

目眩《めまい》がする。

……やはり推測どおりだった。

それらに記された日付は、今から約三十年前の夏のものだ。

冗談みたいである。今、私は本当にタイムトラベルをしているのか。

しるふくんのことは信頼しているし、私の推論は話していない。わざわざ三十年前のチラシを集めて素知らぬ顔で渡してくる、なんて手の込んだ真似《まね》はしないはずだ。

これで、確信できた。

私の推測は、たぶんおおむね正解だったのだろう。

あの『穴』は、異なる時空を繋いでいる。

三十年も離れた、ふたつの時代の接点――出入り口になっている。

何でそんな事態になっているのかはわからないし、それが真実だとしてもべつに私にできることは特にないのだけど……。はっきりとした答えを得られて、すこし安堵《あんど》した。

有り得ない、超常現象だ、ぜんぶ夢だ――と頑《かたく》なに否定するほど現実主義者じゃない。

むしろ馬鹿みたいな空想を飯の種にしている、小説家だ。

事実を、ありのままに受け入れる。大事なのは、それで私がどうするかだ。

……さぁ、どうしようか。

「わうっ!?」

チラシを眺めて放心している私を、不思議そうに眺めていたしるふくんが――思いっきり飛び退《との》いた。どうも、またゴミ袋が崩れたらしい。

確かにちょっと驚くが、しるふくんの反応はやや過敏すぎる気がする。

不安そうに右を見て、左を見て――挙動不審にしながら彼はつぶやく。

「お母さん、今日はよく怒りますね。不機嫌みたいです。やっぱりお父さんの言いつけを破って、余所《よそ》のひとをおうちに入れたからでしょうか」

「お母さん、って……？」

ちょっと言ってる意味がわからなくて、私は当惑する。

「様子を見てきます」

こちらの声が聞こえなかったのか、しるふくんはやはり何か逼迫《ひっぱく》した様子で駆けていく。

慣れた様子でゴミ袋の山を避《よ》けつつ、この部屋における唯一の扉を開いた。

その扉の向こうには短い廊下があり、果ては玄関。

廊下の左右には扉がふたつあって、たぶんひとつはトイレ。

もうひとつは？

「お母さぁん」

しるふくんが、その扉を開いた瞬間――。

いいかげん麻痺《まひ》してきた鼻すら引きちぎれそうな、おぞましい腐臭がした。

同時に、大量の蠅《はえ》らしき羽虫の群れが、ぶわっと溢れた。

――腐臭と、蠅の群れ？

そのふたつを直感的に結びつけて、私は見なくてもそこにあるものが何だかわかった気がした。小説家でなくとも、誰だってたぶんわかると思う。

○
○
○

もちろん、それは屍体《したい》だった。

しるふくんが開いた扉の向こうは、ちいさなお風呂場になっているらしい。我が家のそれに比べると非常に狭く、おまけに酷く汚れている。

腐肉と、たぶん乾ききった鮮血と、蛆虫《うじむし》や蠅で。

「…………」

私は声も出せずに、恐る恐るしるふくんの頭越しに風呂場のなかを覗き見る。

見なければ良かった、と即座に後悔する。

ちいさな浴槽のなかに、どろどろとしたものが沈殿している。あちこち骨が露出した腐乱死体だ……。人間は死ねば硬直しそれが終わるとガスで膨張し、そのあと全体の腐敗が始まって溶けるように崩れていく。何かの小説で読んだことがある。

私の目の前にあるこの屍体は、そんな末期の段階だろう——ほぼ泥にしか見えない。骨の混じった、茶色の泥だ。

「しるふくん」

吐き気すら通り過ぎて、ひたすら喉の奥が痙攣《けいれん》するだけで声も出しづらい。

でも、それでも言わなくちゃ。

「見ちゃ駄目。こっちに、来て」

無理やり彼の肩を掴《つか》み、自らもおおきくお風呂場から目を逸《そ》らしつつ退室する。足がふらつき、世界のぜんぶがぐるぐる回るような感覚がある。

「えっ、何でですか？　うしおさん、顔色悪いけど大丈夫ですか……？」

しるふくんはキョトンとしていたが、大人しく言うことを聞いてくれる。そして、たぶんそれこそ死にそうな顔をしているのだろう私を気遣ってくれた。

「ごめんなさい、気持ち悪かった……ですか？」

壁に手をつき喘《あえ》ぐ私の背中を、そっと撫《な》でて――。

しるふくんは、すこし寂しそうにつぶやいた。

「お母さん、昔はあんなんじゃなかったんですよ。もっと綺麗で、笑顔がすっごく優しくて。あと、おれによく似てるってみんな言ってくれて……親子だねぇって」

「お、母さん、なの？　あれは？」

私は苦労して呼吸を整えつつ、しるふくんを怖々と見る。

わけがわからない。

私のなかでは、しるふくんの母親はそう名乗る資格もないような酷い親だった。

かわいい息子にごはんも食べさせず、背中に爪痕《つめあと》が残るようなことを——。

たぶん性的虐待をしている、見下げ果てた人物だと決めつけていたのに。

昔、私が小間使いをしていたお店で、よくカザミさんが愚痴っていたのだ。そういうことをしている最中——感極まるのか何なのか抱きついてくる客が背中に回した手によって、その爪によって傷跡が残ると。

羽根がもがれた痕跡のような、痛々しい引《ひ》っ掻《か》き傷《きず》が。

いつもそんなカザミさんの手当てをしていた私は、それを見るたびに嫌な気分になったものだ。治りかけるたびに新たに刻まれる、拷問《ごうもん》の痕のように思えた。

だから私のなかで、性行為というものはとても痛くて辛いもののように——。

ううん。今は、そんなことはどうでもいい。

先日、お風呂場で見たしるふくんの背中の傷は、まだ新しいもののように思えた。ほとんど瘡蓋《かさぶた》もできていないような、血のにじむ生傷だった……。

しるふくん自身は鏡を見るまで背中の傷に気づいていなかったようだから、男の子らしく瘡蓋を引っぺがした、みたいな可能性もたぶんない。

でも。じゃあ、どういうことだ？

しるふくんに傷をつけたのは、虐待していたのは――母親じゃなかったのか？

その推測は、いま明確なかたちで否定された。

加害者だと思われた母親は、お風呂場で死んで腐っているのだ。

と、いうことは――。


――ばあん、と何かが爆発するような音がした。


「………!?」

私は不意にぶん殴られたような気分で、その場に棒立ちになる。

何なんだろう、次から次に？　今の音は、いったい……？

思わず守るように、あるいは縋《すが》るようにしるふくんを抱き寄せた。

〇〇〇

瞬間、しるふくんが私の手をやわらかく振りほどいて走りだした。

爆音じみたものが聞こえた先――『穴』のある、ゴミ袋だらけの部屋へと。

大人ぶって偉そうにして、思考に埋没しながらも何ひとつ理解できず、判断もできず震え上がることしかできない私とちがって——彼は、子供らしく迷いなく動いたのだ。

反射的に。

「もしかして——」

彼が小声でそう囁《ささや》いたのが、近くにいた私にははっきりと聞こえた。

なのに。すっかり恐慌に陥っていて、私は一歩も動けなかった。

片足が不自由だから、などと言い訳もできない。手を伸ばせば、駆けだした彼を抱き留めることぐらいはできただろうに。反応が遅れ、馬鹿みたいに呆然《ぼうぜん》としていただけ。

私が役立たずになっている間にも、しるふくんは止まらず動き続けている。あっさり扉を開き、『穴』のある部屋のなかへ。

途端に、声が聞こえた。

——知夫《しるふ》。知夫《しるふ》。知夫《しるふ》。

何度もしるふくんを呼ぶ、野太い男の声……。掠《かす》れてひび割れたその不明瞭な声に、何か異様なものを感じて——私は今さら、しるふくんを追って入室する。

何か確信があって動いたわけじゃない、単に彼と離れたくなかったから。お姉さんぶって甘やかしてお世話してるつもりで、依存していたのはどちらだったのか。

「やっぱり、お父さん」

急にぴたりと停止して、しるふくんが弱々しくつぶやいた。

――お父さん？

私はその言葉に奇妙な胸騒ぎをおぼえながら、ちいさなしるふくんの頭越しに室内の光景を見る。変わらず床を埋める、ゴミ袋でできた真っ黒な荒野――。

巨大な穴のような黒一色の上に、異質な彩りがある。

誰かが、部屋の真ん中に立っている。

男だった。

見覚えがある。あぁ、やはりこれが――しるふくんの父親なのか。

私が自宅のマンションで生活するなかで何度か目撃した、真面目そうなサラリーマン風の男だ。地味な灰色のスーツ姿。安物らしい無個性な眼鏡。

怒りか何かの感情で顔を歪《ゆが》めているだけかもしれないが、眉間《みけん》も口元もぜんぶ皺《しわ》だらけに見えた。だから、その男が私が思っていたよりずっと老いていることに今さら気づいた。

お爺さんだ――背も私と同じかすこし高いぐらいで、体格もそんなに逞《たくま》しくない。

けれど。その瞬間は、怪物にしか見えなかった。

男はひたすら喚《わめ》いている。しるふくんの名前を何度も呼び、悪夢だとか復讐《ふくしゅう》がどうとか意味不明なことを聞き取りづらい大声で叫んで――いきなり襲いかかってきた。

顔を真っ赤にして、怒り狂った様子で。

怯《ひる》んで立ち尽くしているしるふくんに両手を伸ばし、掴みかかろうとした。

私はそれを見ていた。

ちいさな、かわいいあの子が危害を加えられようとしているところを。

だから。

「しるふくん！」

今度こそ迷わず反射的に、唯一、動く右足で床を蹴って――。

しるふくんを突き飛ばした。

「――ひあっ⁉」

悲鳴をあげて、体重の軽いしるふくんはあっさり転がって行く。

私には、何か考えがあったわけじゃない。

ただ暴力から、悪意から、しるふくんを遠ざけてあげたかった。

その瞬間、あまり嬉しくないことに――しるふくんの父親らしい男と、私の思考はおおむね一致していたのだろう。

……この子に、触るな。

直後、私は逆上したらしい男に首を絞められた。

ぎりぎりぎり、と己の首の骨が軋《きし》む音が体内に響く。煙草《たばこ》を吸っているときの何百倍もの窒息感——空気が足りない、喉《のど》が痛い。死に至るダメージに、本能が警鐘を鳴らす。

悪ぶって喫煙して、不健康な自傷行為をしているつもりで悦に入っていたけど。

本物の痛みは、暴力は、すぐにでも泣いて謝って止めてもらいたくなるぐらい不愉快で怖くて……。それでも、ぼろぼろ涙を零《こぼ》しながら、私は唸《うな》った。

「しる、ふくん」

己の首を圧迫する男の手を、可能なかぎり遠ざけようとして足掻《あが》きながら。

わずかに肺に残った空気のすべてを、誰にでも伝わるようなわかりやすい言語に変換。

「逃げて——」

ゴミ袋で覆われた床に尻餅をついた彼に、しるふくんに訴えた。

「逃げてぇ！」

叫び、それでもしるふくんが動かないので、己の身を守るために用いていた両手を必死に振り回す。全身で言語する。私を殺そうとしている男、その背後——物置の向こうに未だ空いている『穴』を痙攣《けいれん》する指先で示して。

そこから逃げるように、しるふくんに私のすべてで主張した。

安全な場所に避難して。

逃げて。遠ざかって。もう一秒だって、こんな場所にいちゃいけないんだ。

私なんかを好きだって言ってくれた、あなたみたいな優しい良い子が――。

「…………」

もう声も出ない。意識が薄れていく。視界の隅っこで、ちゃんと気持ちが伝わったのか――しるふくんが、すこし迷ってから『穴』に向かって駆けて行くのが見えた。

良かった。これで、あの子だけは助かる。

できれば私の仕事部屋に置きっぱなしのスマホから、毎阪《まいさか》さんに連絡して保護を求めるようにとか――もっと詳しい指示を与えてあげたかったけど。

ごめんね、しるふくん。

私、どうも死んじゃうみたいだから。

もう言葉も紡げない。

――うしおさんといたい、って望んでくれたのにね。

あなたのそばに、いてあげられない。

○○○

しるふくんの父親に絞め殺されながら、私は想像する。
物語を。
最後の最後まで。
それは何だかむしろ、誇らしいぐらいだった。私は死ぬまで小説家だったんだよと――
天国で両親や祖母に、自慢できるかな。偉いでしょう、って。
褒めて、頭を撫でてもらいたいな。
――良い子ね、華菜《ひいな》ちゃん。
そうでしょう。すごいでしょう、お父さんお母さん、おばあちゃん……。
私、夢を叶えたんだよ。
ずっと憧れてた、小説家になれたんだよ。
最後に一目、会いたいな。
家族に。それはべつに、非現実的な願いじゃないはずだった。
ここでは、まだ私の家族は生きている。たぶん私が今いる三十年前の時代で、すぐ近くで暮らしている……。でもまぁ、これから私が死んじゃうから無理か。

せめて彼らが笑顔で褒めてくれるのを、想像して。

笑った。

死にながら笑う私が不気味だったのか、男の指のちからが弱まる。

だから、推論が私のなかで固まるぐらいの時間はあった。

○○○

私は、ずっと勘違いしていた。

まだ幼く発言がふわふわと曖昧《あいまい》なしるふくんの証言を拾い集め、組み上げていた推測にはおおいなる誤謬《ごびゅう》があった。

可哀想な子。

かわいいあの子は、背中の傷跡が証明するように——虐待されていたのだろう。

けれど。きっと、生まれてからずっとそんな境遇だったわけじゃないのだ。

愛されていた時代もあった。ぜんぶ、私の想像だけど。

たぶん母親のほうはきちんと彼を慈しみ、親としての義務を果たしていたんだろう。かわいい我が子をデパートに連れて行ってお洋服を買ってあげて、良い子にしてたら好きなアイスまで食べさせてくれた……。ごく普通に、親らしいことをしていたのだ。

だから。しるふくんは、そんな母親のことは決して否定しなかった。ストックホルム症候群なんかじゃない——普通に思慕の情を抱いていて、その言葉を信じていた。

——キスするのは、『大好き』ってこと。

それは全然、間違った説明じゃない。

でも。その母親が、死んだ。

先ほど見た、浴槽の屍体……。まともな死に方をしたなら、あんなふうに放置され腐っているわけがない。例えば事故死などなら、きちんと病院などで死亡診断書がつくられたうえで丁重に葬られ弔《とむら》われる。

だから、私は想像する。状況を精査し、材料を拾い集めて推理をする。

しるふくんの母親は、殺されたのではないか。

たぶん彼女にとっての夫、しるふくんの父親に。

その原因はわからない。推測しか、できない。嫌な推測しか。

しるふくんは美少年だ。人間は美しいものを愛するようにできている、幼少期から刷りこみが与えられて——同じ種類のものでも、すこしでもかたちの良いものを選ぶ。

選んで、手に入れようとする。それは本能だ、衝動だ。

その欲望を、我慢できない人間もいる。

しるふくんは、性的虐待を受けている——と私は推測していた。まだ何もわからない子供なのに、一方的に欲望の捌《は》け口《ぐち》にされていたのだと。

けれど、ひとつ見誤っていた。彼の背中に広がる、もげた羽根の痕のような……。あの爪痕を残したのは、てっきり母親のほうだと思いこんでしまっていた。

被害者が男の子なのだから、加害者は異性の——母親のほうなのだと。

でも。何の因果かＢＬ小説で評価された私は、その可能性に気づくべきだった。

男の子を愛するのも、性行為をしたいと望むのも、異性だけじゃない。

——おまえか。

今も私の首を絞めている、しるふくんの父親を睨《にら》みつける。

——おまえだったのか。

しるふくんを虐待していたのは、父親のほうだった。

たぶんそれを目撃して当然ながら糾弾《きゅうだん》して、口論になって——しるふくんの母親は殺されてしまったのではないか。よくご両親は喧嘩《けんか》してると、しるふくんも言っていた。何度も繰り返し憎悪の応酬をして、その結果として、母親のほうは殺された。

たぶん母親として当然のように、我が子を守ろうとしただけなのに。

殺された。彼女は何も悪くなかったのに。どれだけ、無念だっただろう。

しるふくんの父親は、簡単に逆上し他人に危害を加えるような人間のようだし。

今、私の首に食いこむ男の指が証明だ。

欲望を自制せず、すべてを暴力で解決する、見下げ果てた男。

事業に失敗するのも、当然だ。誰も、そんな男を愛さない——肯定しない。

しかも、責任を取ろうとすらしない。自分は悪くない、とでも思っているのか。妻を殺しておきながら警察に自首もせず、後始末すらせずに浴槽に放りこんでいた。

見ないふりをしたのだ。だから、あまり家にも帰ってこなくなった。

取り残されたしるふくんは、世話をしてくれる親を失い、いつもお腹《なか》を空《す》かせていた。

けれど真面目に、ちゃんと義務教育を受けていた——小学校に通っていた。

たぶん父親は、ろくな説明もしていない。いろいろ自分にとって不利になりそうなことだけ禁じて、言いつけを破ったら殺すと脅した。

○　○　○

でも。そんなの、長続きするわけがない。しるふくんの一家は失踪した、と聞いている。私が今いる過去の時代の、たぶん二年ほど後に。限界がきて、犯罪が露見するか何かして行方をくらますしかなかったのだろう。警察に捕まったりして、罪を糾弾されるのも嫌だったから逃げたのだ。

しるふくんも一緒に姿を消していたようだから、父親が連れて行ったのか——それとも妻だけでなく息子まで殺して、地面に埋めるなりして処分してしまったのか。

そうであってほしくない、現在でもしるふくんは生きていると信じたいけど。

父親はまんまと逃げ延びて、長い長い時間が流れてから——戻ってきた。この町の人々が自分たちの噂話すらしなくなり、時効も成立したとでも判断したのか。気になって戻ってきて、たぶん暮らしてすらいたのだ。この町の、このマンションの一室に。

しるふくんの父親が、どういうつもりだったのかはわからない。

犯罪者の気持ちなんて知るものか。

でも。想像できることもある。彼は今日——しるふくんと遭遇して、どんなに魂消《たまげ》たことだろう。まさに、お化けでも見たような気分だったのではないか。

三十年前と同じ姿の、自分の息子。

彼が「お父さん」と呼びながら歩み寄ってきて、どんな気持ちがしただろう。

最初は、逃げたと聞いている。しるふくんが、さっき不思議そうにそう言っていた。でも。しるふくんの父親は、やはりどうしても気になったのだろう……。たぶん、こっそりしるふくんを尾行してきたのだ。

我が子のあとを追って、どうするつもりだったのかは知らない。

かつて性行為を強要していた息子と同じ姿の子供に欲情して、同じ罪を繰り返そうとしていた——というなら救い難いが。そんな最低な人間、いるわけがないと信じたいが。

何にせよ、彼はそのまましるふくんを追跡し、私の自宅に辿り着いた。

いつでも迂闊《うかつ》な私だが、しるふくんを自宅に招き入れた後——玄関の施錠を忘れていたのは生涯最大の失敗だった。しるふくんの父親は勝手に私の家に上がりこみ、探索して、発見した物置の『穴』に入ってみたのだろう。

毎阪《まいさか》さんと同じように、しるふくんの父親にも『穴』が認識できなければ良かったのに。どういう神の采配なのか——執念の結果か、彼は『穴』を見つけて潜り抜けた。

そして三十年前の、地獄のような我が家に辿り着いたのだ。

彼は何度も悪夢だ、と繰り返していたが——そう表現するしかないだろう。

振り切ったはずの過去の景色のなかで、彼は戦慄《わなな》くしかないのだろう。

同情はしない。因果応報だ、もっと苦しめとすら思う。私はけっこう理不尽に命を奪われようとしているのだ、そのぐらいの悪態はついていいだろう。

とにかく、きっとそんな事情――ううん、物語だったのだ。

いろいろ不明瞭な点はあるけど、もう死は間近に迫っていて考える余裕がない。

時間切れだ。

それでも最後まで諦めたくなくて、できれば、もっともっとしるふくんと一緒に過ごしたくて……。それに自宅に戻って仕事しないと、毎阪《まいさか》さんにも迷惑かけちゃうし。

私の新刊を、待ってくれている読者もいるんだから。

死にたくなくて、最後のちからで抵抗をした。

暴れて、そのせいで震動が伝わったのか、またゴミ袋が崩れ落ちた。


――お母さんが怒っている。


あぁ……。それこそ空想、としか言えないようなことを思いついた。

あの『穴』は、無念のまま亡くなったしるふくんの母親が――。

その亡霊が、こ、の、た、め、に、空けたんだったりして。

「お父さんなんか――」

いつの間にか、しるふくんが戻ってきていた。

意識が途切れそうになっている私も、そんな私を絞め殺すのに夢中になっているしるふくんの父親も、気づくのが遅れた。てっきりしるふくんは私の言うことを聞いて、『穴』を潜って逃げていったと思っていたのに。

そうじゃなかった。彼は逃げなかった、『穴』を通って行った理由は――。

「大っ嫌いぃ！」

しるふくんが、掠れた声でそう叫んで。

手にしていた包丁で、父親の背中を刺した。

○　○　○

私の愛する物語はいつだって、誇張されている。

愛も、夢も、人の生死も。

そのほうが面白いからだが、実際――意外なぐらい簡単に、しるふくんの父親は最後の抵抗も遺言もなくあっさりと事切れた。たくさん血を流し、虫みたいにじたばたと手足を動かしてから、死んだ。

一言の説明もなく、不親切に。

ゴミ袋の上に身体を投げ出して、動かなくなってしまった。

私の命を奪おうとしていた、恐ろしい怪物のようだった存在の――それが最期だった。

呆気《あっけ》ない。たぶん包丁が良い具合に、骨の隙間から心臓に突き刺さりでもしたのか。

ほぼ即死だった。

それでも。動かなくなっても怖くて、私は包丁を握りしめたまま泣きじゃくり始めたしるふくんの肩を掴み、屍体から遠ざけて――部屋の隅っこまで這《は》って退避した。

しるふくんは、全身を震えさせている。

たぶん母親への反応を見る限り、この子はまだ死というものをあまり理解していないようだけど……。聡い子だし、自分が為《な》したことの重大さはたぶん何となくわかっている。

だからこそ怯《おび》え、動揺し、涙を零しながら喘いでいる。

「むかぁし、お父さんがお母さんに同じことをしたんです。それからお母さんは動かなくなって、お返事もしてくれなくなって！　綺麗で優しいお母さんだったのに――」

しるふくんは泣きじゃくりながら、年相応に子供っぽく喚いた。

「だから！　同じようなのはもう嫌で、うしおさんだけはって！　うしおさんが大好き、大好き、大好きっ――助けたかったんです、いつも助けてくれるから今度はおれが！」

私は愛おしくなって、まとまらないことを叫んでいる彼を抱き寄せた。

「大丈夫。わかってるから、もう何も言わないで」

せめて立派なお姉さんぶって、偉そうに言った。

「大丈夫だよ」

彼の頬《ほお》に飛び散った返り血を、手のひらで拭う。首を絞められていたせいで喉がやや潰れている感じで、すこし喋るだけで咳きこんでしまうが——それでも。

生き延びられたのだから。それは、しるふくんのお陰なのだから。

この子を、その行為を否定してはいけない。ぜんぶ受け入れて愛して、安心させてあげなくては……。私なんかが、この子を愛し愛された母親の代理にはなれないだろうけど。

今、この子のそばには私しかいないから。

「ありがとう、助けてくれて」

よしよしと、彼の後頭部を指先で撫でる。

ほんとは彼にとっての『大好き』をして、彼のことを全肯定していると示すべきなのかもしれないけど。あれは父親からのおぞましい行為を好意的に解釈するために、しるふくんが母親の教えをもとに築き上げた理屈なんだろうし。

それを悪用して、私までこの子を安易な欲望の捌け口にしてはいけない。

私だけは、この子を虐待したくない。

せめて彼が、その行為の一般的な意味を理解するまでは……。

怖かっただろうに。彼はずっと逆らえなかった父親と戦ってまで、単なる赤の他人——一ヶ月ほどの期間、一緒にごはんとか食べてただけの私を助けてくれた。

逃げても良かったのに。

『穴』を通って、先ほど料理に使った包丁のことを思いだして、それを手に取り引き返してきてくれた。そして、間一髪のところで私を助けてくれた。

物語みたいに。

そう表現するには生臭くて、地味なわりに陰惨で——好みじゃないけど。

良いんだ。私はもう三十路《みそじ》手前の大人だから、小説と現実の区別ぐらいつく。結末に納得がいかないなんて神さまに文句を言っても仕方ないし、もちろん、人生は続くのだから『めでたしめでたし』でまとめられても困る。

「帰ろう」

私の腕のなかで泣きじゃくるしるふくんに、そっと告げる。

「お風呂に入って、綺麗に汚れを落とそう。他にもいろいろ、ひとつひとつ片付けていこう。大丈夫、大丈夫だからね……泣かないで」

おうちに帰ろう、ふたりで一緒に。
生きていこう、しるふくん。

# EPILOGUE

それから、四年の月日が流れた。

三十三歳になった私は、未《いま》だ幸いなことに作家業を続けられている。いろいろ吹っ切れてしまって創作意欲も止めどないため、この調子なら死ぬまで書き続けられそうだ。

当然、読者の方々から求められているかぎりは――。

小説の仕事には定年はないし、脳が破壊されるまでは作家として生きられる。

なので。いちばん脳にダメージを与える煙草《たばこ》はすっぱり止めて、苛々《いらいら》したときはガムとか噛《か》んでる。お陰で、すっかり顎《あご》が丈夫になってしまった。

足も。

順調に、感覚が戻ってきている。私をずっと悩ませていた借金が綺麗《きれい》に清算できたので、治療やリハビリのための費用を捻出できるようになったのだ。

ありがたいことに小説の売り上げは依然として高くって、懐は潤っているし。

ちゃんとしたお医者さんに診てもらい治療を受けて、意外なぐらい足は回復していった。

人体ってすごいなぁ、現代医療も。

もちろん。長く治療を怠ったまま放置していたので、取り返しがつかない損傷などがあったらしく――生涯、完治することはないだろうと言われてはいるけど。

気をつければ、松葉杖《まつばづえ》にも頼らず歩ける程度にはなった。

何にも寄りかからずに己の人生を歩いて行ける大人になったのだ、なんて偉そうに主張できるほどの真人間になれたわけじゃないけど。まぁ、ちょっとは前進。

年齢相応、と言えるぐらいにはなれたかな……。天国のお父さんやお母さん、おばぁちゃんたちが心配して化けて出ない程度には――私は立派な大人になれたかな。

「しるふくん」

あなたが今の私を見て、たぶん落胆しない程度には。

また巡り会えたら甘えて、慕ってくれる程度には、頼もしい人間になれたかな。

「――まぁた、妖精さんと話してる」

不意に、背後から声をかけられた。

振り向くと、今でも私の担当編集をやってくれている――毎阪《まいさか》さんがそこにいる。

ちなみに、ここは夢の国。

国内有数の遊園地だ。平日の昼なのにずいぶんな人混みで、未だにそういうのが苦手な私はぐったりしている。若い子は楽しいんだろうけどね、夢のなかで遊ぶには私はもう年を取りすぎてしまったよ。よぼよぼだよ。

みたいなことを言うと、毎阪《まいさか》さんが実に嫌そうな顔をした。

「先生、いつまでも若いくせに。人生が充実してるって証拠でしょうけど……ぜんぜん若くなくても楽しめますからね、夢の国は？」

仰《おっしゃ》るとおり、毎阪《まいさか》さんは丸い耳飾りのカチューシャを頭につけていて、カラフルな紙袋やら風船やらを大量に持ってあちこち飛び回っているようで——見るからに満喫してらっしゃる。喜色満面で目を輝かせていて、毎阪《まいさか》さんこそいつまでも子供みたいだ。

「昔から好きなんですよ、ここ」

ベンチに腰掛け休んでいた私の横に立ったまま、毎阪《まいさか》さんは遠い目をする。

「小学生のころからずっと、ね。むかし他のＢＬの部署にいたころは、あまりにも好きすぎて閉園後のここを半ば貸し切りにして打ち上げパーティとかしてたもんですから。いやぁ、それこそ夢みたいでしたよ——またやりたいです」

「ふふ。そんな毎阪《まいさか》さんの夢を実現するために、がんばって働きますね」

「あはは……。現代じゃもう無理っぽい気がします、ここを貸し切りにするのは。当時のＢＬ業界はめちゃくちゃ儲《もう》かってましたけど、今はどこも苦戦しちゃってますしね」

新刊を出せば必ず売れる牛老丸《うしおいまる》先生は例外です、と彼女はぼやいた。

「何か秘訣《ひけつ》でもあるんですか、先生。正直、トモオ——しるふくんのことがあったから、もう書けなくなっちゃうんじゃないかって危惧してたぐらいだったんですけど」

「はい。実はちょっと、悩んだり迷ったりもしたんですけど」

しるふくんは、実の父親に性的虐待を受けていた。

どう解釈しても綺麗事には成り得ない、生々しい現実の犯罪……。それと同じことが、私の生きるこの世界のどこかで今も行われているんだろう。

それを、知ってしまった。

私がＢＬを、同性愛を面白おかしく書くことで傷つくひとが、必ずいる。ふざけるなよ、笑い話やお涙ちょうだいの感動話にするなよって。適当な空想を並べ立てて、娯楽として消費して、それでお金を稼いでごはんを食べるなよ――と。

○　○　○

だけど。

「自己弁護ですけど、知ってしまったからこそ書けることがあると思うんです。愛は必ずしも人間を救わないし、それで傷ついたり死んだりするひともいるけど。私たちは、人類が誕生してから今までずっとそれを描《えが》いてる」

人類とか、話がおっきくなってる気がするけど。

いいんだ、毎阪《まいさか》さんは嗤《わら》わない。真面目に聞いてくれる、物語を愛する同志だから。

「たぶん、ずっと……。戦争や殺人なんかの犯罪を描く物語すらなくならないし、存在するべきだと思います。この世界は、どれだけ空想しても何も変わらないけど」

もちろん努力して、地道に動き続ければ、多少の変化は与えられるけど。

願っても望んでも、それだけじゃ何にもならない。

だからこそ。

「空想の世界は、変えられる。その世界では私は全知全能の神だから。私の望んだ空想を描いて、せめて、そのなかで私の大好きなひとたちを幸せにしてあげたい。酷《ひど》い現実に苦しんでる、昔の私みたいなひとたちを、ほんの一瞬でも逃がして遊ばせてあげたい」

災害。事故。借金。退学。暴力。虐待。犯罪。刑罰。家族との死別……。

仕事がうまくいかなかったり、悩んで動けなくなったり。

愛するひとのために何もできなかったり、うまく気持ちが伝わらなかったり。

しんどいことは山ほどあって、それでも私がぜんぶに絶望せずに生きてこられたのは、物語のお陰だった。空想の世界のお陰だった——私も、それを描きたい。

可哀想《かわいそう》なひとを救済する、なんて偉そうなことは言わないけど。

昔、物語に与えられた恩を、返したい。

受け継ぎたい。これまで連綿と描かれ続けてきた物語の、一端を。

私は、ずっと小説家でいたい。書いていきたい、これから先も。

「じゃあ、わたしはそのお手伝いをしますね。これから先も」

言葉にしなくても想《おも》いは伝わったのか、私の内心に重ねるようにして毎阪《まいさか》さんがそう言って笑った。有り難すぎて、思わず彼女を拝みそうになった。

そんな私に苦笑して、毎阪《まいさか》さんは両手の指を打鍵するみたいに動かした。

「ふふ。わたしも、また小説を書きたくなってきちゃいました」

「応援しますよ、毎阪《まいさか》さん。大ファンなので」

独り言に過剰反応して、私はつい身を乗り出してしまった。

「愛する毎阪幸広《まいさかゆきひろ》先生の新作を、私、いつまでも待ち望んでいます」

「あはは。牛老丸《うしおいまる》先生にあやかって、再デビューの際には本名で新刊を出しましょうかね。いやでも、嫌いなんですよね——坂下苺《さかしたいちご》って名前。美少女アイドルかよ、って感じで」

そこまで雑談して、ふと毎阪《まいさか》さんは真顔になった。

「そうそう、話の流れで思い出しました。わたしも夢の国は久しぶりだったんで、おおはしゃぎしちゃって忘れてましたけど」

足元に並べた大量の紙袋を太股《ふともも》で挟み、恐縮した様子で彼女は縮こまる。

「うっかり、まだ詳しい説明をしてませんよね。何で今日、わざわざこの場所にきたのかについて」

「あぁ……。そういえば、何でだったんです？　べつに私の新作に遊園地が出てくるわけでもないから、取材ってわけでもないんでしょうけど」

私としては毎阪《まいさか》さんとデートだデート、って盛り上がってしまって深く考えてなかったのだけど……。我ながら、毎阪《まいさか》さんが好きすぎる。

そうか。デートじゃなかったのか……。哀《かな》しい。

無駄に落ちこんでいる私に、毎阪《まいさか》さんは申し訳なさそうに頭を下げてくる。

「すみません。お忙しいところ、わざわざご足労いただいて」

「いやいや。いま住んでるところはわりと近いので、ぜんぜん大丈夫なんですけど。片道、一時間もかかりませんから」

どうせ、いつ休んでも大丈夫な気楽な作家業だし。今は〆切と〆切の隙間なので、ある程度は余裕があるし。まだまだ執筆速度は不安定だから、油断はできないけど。

毎阪《まいさか》さんは慌てる私をかわいいものでも見るみたいに見て、微笑《ほほえ》んだ。

「あぁ……。ふふ、もう都会には慣れましたか？」

「いや、わかんないです。あんまり外に出ないので、変わらない感じです」

足がだいぶ動くようになっても、私は相変わらずの引きこもりだ。

ともあれ。

一年ほど前から私は、住み慣れた元・温泉地を離れて都内で暮らしている。

出版社などは都内に集中しているため、そっちのほうが便利だから——というわけでもないのだけど。ネットを通じてデータを遣《や》り取《と》りできる時代だから、どこでも小説の仕事はできるし。

ただ借金の件が片付いたので、私には地元に縛られる理由がなくなったのだ。

借金があったころは、そもそも引っ越しの費用がなかったし……。ちょっと遠ざかろうとすると借金の取り立て人に『逃げるんじゃないか』と疑われ、酷い目に遭わされるんじゃないかと怯《おび》えていた。

全然、そんなことはなかったのだけど。

○　○　○

薄々と察していたが、私を借金漬けにしていたのは法をいくつも犯している悪徳金融業者だった。彼らは当時の何もわからなかった学生だった私を騙《だま》し、骨の髄までしゃぶりつくそうとしていた。

私は脅され、まんまと騙されて、払う必要のないお金を払い続けていたのだ。

そもそもの借金の元になった、交通事故の賠償金なんてものがでっちあげだった。むしろ私の両親は車をぶつけられた被害者であり、誰に対しても一銭も払う必要はないとされていた。その件については、とっくに法的に決着していたのだ。

けれど。小狡《こずる》い連中がその話を聞きつけて、世間知らずの小娘とその祖母に狙いをつけてお金をむしり取ろうとしてきた。

そんな、よくある類いの犯罪だったのだ。

当事者の私はそれに気づかず、借金の取り立て人に凄《すご》まれるだけで震え上がり、まともな思考もできずに従い続けてしまったけど。

外から見れば馬鹿な話なのは明々白々で、四年前——しるふくんの件についていろいろ親身に相談に乗ってくれた毎阪《まいさか》さんが、事情を聞いてその点を指摘してくれた。

それで、大人として普通に然《しか》るべき対処をしてくれた。

通報し、彼女が懇意にしている出版社のお偉いさんなどの紹介で弁護士さんなども雇って、私の抱えていた問題を綺麗に片付けてくれたのだ。

私の借金はなくなり、その後、ちゃんと出版できた新刊の印税収入によってある程度の貯金もできた。それを元手に私は引っ越して、今に至る。

恐ろしい暴力的な集団だと勝手に私が思いこんでいた悪徳金融業者は、余罪も次々に明るみに出てまとめて検挙されたと聞く。

拍子抜けするぐらい、あっさりと。

今ごろは、たぶん——殺人罪で起訴された、しるふくんの父親と同じように刑務所暮らしをしているんだろう。

「ふたり殺せば死刑にもなるのに、無期懲役って甘すぎる気もしますけどね」

話の流れでそのへんに言及すると、毎阪《まいさか》さんは憎々しげにぼやいた。

今から三十年以上前、しるふくんの父親は逮捕された。

当然、私たちが通報したからだ。

あれから——。

あの、今でも思い出すだけで吐き気がする陰惨な出来事があってから。

私としるふくんは『穴』を通り、ひとまず現代に戻ってお風呂を浴びた。それから夜中だったので悪いなと思ったものの、毎阪《まいさか》さんを呼び出して一切合切を話した。

そして、一計を案じたのだ。

毎阪《まいさか》さんとよく相談した上で作戦を練り、再び三十年前に戻った。

もちろん私としるふくん以外には『穴』は認識できないようなので、毎阪《まいさか》さんには同伴まではしてもらわなかった。本人は、三十年前の稀覯本《きこうぼん》とか探したがっていたけど。

しるふくんの父親が執念の結果か何なのか、『穴』を通って現代から過去へやってきたことに鑑《かんが》みると——それを認識したり出入りしたりする方法はあるんだろうけど。

単に、いちおう血の繋《つな》がった父親だし——しるふくんと遺伝子のいちぶが共通する父親をしるふくん本人だと誤認して、『穴』がうっかり通しちゃっただけだろうか。

その後の顛末《てんまつ》を考えると——しるふくんの母親の亡霊が、己を殺した憎たらしい夫が悲惨な運命に至るようにと、『穴』を用いてお膳立てしたようにしか思えないが。

時空を超越した『穴』を空けた張本人だ、この展開が見えていたのかも。

やはり、すべては推測することしかできなくて歯がゆいけど。

○○○

その後。三十年前に辿《たど》りついた私たちは、警察に通報した。

玄関の鍵を開けておいて、警察が普通に踏みこめるようにしておいて……。私たちは、いったん『穴』を通って現代に戻った。

そして、息を殺して状況を見守った。

『穴』の向こうが見える私は目撃していたが、その後、何も知らずに帰ってきた三十年前のしるふくんの父親は待ち構えていた警察にあっさり捕まった。

そして浴槽に遺棄されていた母親と、なぜか包丁で刺されて死んでいる人物を殺害した容疑で逮捕されたのだ。

当然、包丁で刺されて死んだのは未来の彼自身であり、三十年前には存在してはいけない人物だ。正体不明の人物、と判断されただろう。

屍体《したい》のDNA鑑定などがされたら『犯人の男性と同一人物としか思えない』なんて、愉快な結果しか出なかっただろうから混乱しただろうし、実際、どこから情報が漏れたのかしばらくオカルト好きなひとたちの噂《うわさ》の的になっていたようだけど。

警察は、異なる時空を繋ぐ『穴』とか、タイムトラベラーなんて非常識な存在については考慮しない。現実的な判断をして、普通に法の裁きをくだしたようだ。

すくなくとも妻を殺したのは事実だと断定されて、しるふくんの父親はそれで無期懲役の刑を食らった。おまけにその事実を隠し、屍体を放置していたうえで実の息子に性的虐待を加えていたのだから。

同情の余地はない、とされた。

彼は投獄された時点でかなり精神に変調を来《きた》していたと聞くし、刑期を終えて出てきていたとしても――今ではだいぶ高齢でもあるから、病院暮らしになるだろう。あるいは長い獄中での暮らしに耐えかねて、知らないうちにお亡くなりになっている可能性すらある。もはや、私としてはどうでもいい話だけど。

しるふくんの父親には、きちんと法による裁きが与えられた。

それ以上の不幸を望むのは、それこそ虐待のようなものだろう。単なる暴力だ――彼のそんな行為を否定した私が、正義ぶってそれを求めるのは筋が通らない気がした。

どれだけ憎たらしくても。

私は法に守られた社会で生きる大人として、その結末を受け入れるべきだった。

○○○

それよりも気になるのは、父親ではなくしるふくん自身の顛末である。

しるふくんは結局、元の時代に戻った。隙を狙って『穴』を通って三十年前へと戻り、ずっと物置に隠れていた可哀想な子、という立場を装って警察に泣きついて――。

虐待の事実も調べればすぐにわかっただろうし、丁重に保護されて彼は然るべき施設に預けられたという。この世には悪人ばかりがいるわけじゃない、そこで愛されて幸せに育ち、健全に成長しながら今も生きている——と信じるしかない。

そう思わないと、遣り切れない。

今でも、彼を元の時代に戻したのが正解だったかはわからない。

その件については、ぎりぎりまで迷った。

数日のうちは、彼には現代の我が家で暮らしてもらったのだ。三十年前の『穴』の向こうでは警察が捜査のためうろついていたし、私たちは行き来もできなかった。

幸い『穴』は警察にも認識できないようで、最後まで気づかれなかったのだけど。

それはまぁ、当たり前だ。まさか誰も、常識的な人々なら、そんなところに不可思議な『穴』が空いているなんて想像もしないだろうし。

でも。その『穴』が問題だった。

たぶんあの『穴』は、無念にも亡くなったしるふくんの母親が空けたものだったのだろう——と私は推測してるけど。息子を傷つける悪人が退治されたことで未練がなくなったのか、ゆっくり『穴』は不安定になっていった。

ぼんやりと揺らぎ、時折、消えてしまうようになった。

私やしるふくんでも、たまに認識できなくなったのだ。

いずれ、完全に『穴』は消えてしまうと予想できた。

だから私たちは、重要な決断をする必要があった。

話し合いはずいぶん紛糾《ふんきゅう》した。

しるふくんは、ずっと私と一緒に暮らしたいと主張してくれた。

私だって、そうしたかった……。永遠に、あの子のそばにいたかった。

でも。『穴』は消えようとしていた。常識に支配されたこの世界では、摩訶不思議《まかふしぎ》な存在は長く留《とど》まれないのかもしれない。

ならば三十年前からの来訪者――しるふくんにだって、時空を超えて現代で暮らしていくことで何らかの不具合が生じる可能性がないとは言えない。たとえば『穴』のように薄れて消えてしまったり、とか。

すべては理解不能な怪奇現象だ、何が起きても不思議じゃなかった。

それでも構わないと、しるふくんは必死に主張した。

でも。私は、彼のそんな無垢《むく》な気持ちを裏切った。

どうしても、不安が消せなかった。彼が消えてしまう、あるいは何らかの奇妙な現象に見舞われて傷ついたり、不幸になってしまう可能性がわずかでもあるのなら――。

それを阻止したかった。単なるエゴでも、彼が理不尽に損なわれる可能性を消してしまいたかった。それで彼に嫌われても、永遠に会えなくても良かった。

彼に、幸せになってほしかった。普通に、生きていてほしかった。

だから、お別れを嫌がる彼を『穴』の向こうへ押しこんだ。

そして『穴』を塞ぐバリケードまで築いて、二度と出入りできないようにした。

だから。私こそが、彼をいちばん傷つけてしまったのかもしれない。懐いてくれたのに、甘えて擦り寄って——『大好き』って何度も言われて、愛してもらえていたのに。

私は、あの子の気持ちを裏切った。

あの子に欲望をぶつけるだけぶつけた——虐待した父親と、何も変わらない。

怨《うら》まれただろう。すくなくとも、もう『大好き』じゃないだろう。

でも。

ごめんね、しるふくん。

私はあなたが生きていられるなら、それだけで良かったんだ。

「ご存知《ぞんじ》のとおり、わたしも手を尽くして調べたんですけどね」

毎阪《まいさか》さんが項垂《うなだ》れる私の頭を、ちょっと遠慮がちに何度か撫《な》でてくれた。

ママみたいに。

「あの子が預けられたのは虐待されていた子の養護施設ですから、情報をほとんど開示してくれなくて……。三十年前のことですしね、あんまり何もわかりませんでした」

毎阪《まいさか》さんも神さまじゃない、無敵の英雄でも何でもない——限界はある。

しるふくんを彼の時代に戻した後、『穴』は呆気《あっけ》なく消滅してしまった。

これで良いんだ、満足だって——『穴』を空けたのだと推測される彼の母親が、あるいはこの現実を司《つかさど》る神さまが判断したみたいに。

だから二度と、私はあの不思議な『穴』を潜《くぐ》ることはなく。

かわいいあの子とも、二度と巡り会うことはなかった。

だから、弁明もできない。もともと、言い訳する資格もないけど。

○○○

「あの子は義務教育にあたる中学校の卒業と同時ぐらいに、施設は無事に退所したらしいんですけどね。その後はわからないです、いったいどこで何をしていたやら」

毎阪《まいさか》さんが溜息《ためいき》をつきながら、迷子みたいに足をゆらゆら揺らしている。

「何度か話しましたが、わたしもそのぐらいの時期は親と揉《も》めたりしつつ一人暮らしを始めたりして、地元の噂も耳に入らなくなってましたし」

『穴』を通して三十年前に向かい、いろんな行動をしたことで、歴史にはいくらかの変化が生じたらしい。しるふくんの一家は元々は失踪《しっそう》したまま行方知れずになったとされていたが、改変後は父親が収監され母親は死亡が確認されている、ということになったし。

そんなふたりの一人息子、しるふくんは施設で育って——その後は不明。

「施設のひとに聞きましたけど。虐待した親が子供を追えないように、みたいな配慮なんでしょうね。名前とかの素性を変えて遠方で暮らす、というのが一般的みたいですよ」

毎阪《まいさか》さんは本当に手を尽くして調べてくれたのだろうけど、そのぐらいの情報を手に入れるのが精一杯だったようだ。まぁ、そうだろうなみたいな話だ。

私も毎日のように、彼の現状を知るための手がかりを探してはいる。『薬邸知夫《やくていしるふ》』という名前でネット検索したり——でも、名前を変えてるならヒットするわけがない。

でも。私はこれからも、彼を探すだろう。

彼を三十年前に戻したことを後悔してるわけじゃない、会って謝りたいとかじゃない……。彼の現状を知り、もし困っているならできるかぎりの手助けをしたいからだ。

一緒にいたいと繰り返していたあの子を遠ざけた、償いがしたい。お金に困ってるなら貯金をぜんぶ吐きだして援助する、難病のために移植が必要なら内臓をぜんぶあげる。

どんなことでも、してあげたい。

彼のお陰で、私は生きているのだから。

こうして曲がりなりにも、好きな仕事でお金を稼いで、大人として暮らせているのだから。あの日、しるふくんに出会って――温《ぬく》もりを与えられて。

私の本を読んで、面白かったたって言ってくれて……。

執筆に詰まっていた当時の新刊も、彼のお陰でテンション高く最後まで書けて。

それで無事に出版されて、たくさんの読者のところへ無事に届いて――。

いっぱい売れて、求められたから、私は今も小説家として生きている。

BLは、まだよくわからないけど。

それが小説なら、私は心の底から愛してる。

愛せる。愛したものに寄り添って、生きていられる。

ぜんぶがぜんぶじゃないけど、それは確実に、あの子のお陰だったのだから。

恩を返したかった。思い出のなかだけじゃなくて、こうして生きている今も。

一日でも会いたい。ほんのすこしでも知りたい。私のすべて、どんなものでも与えてあげたい……。恋い焦がれるみたいに、そう思ってる。

今も。ずっと。

「話が逸《そ》れてましたね」

毎阪《まいさか》さんは勝手に思い詰めて沈んでいる私に、気楽な調子で言った。

何だか突拍子もない、でも編集者としてはごくありふれたことを。

「いやぁ、しかし――本が売れるって良いことですよね」

「はぁ……。そうですね、それはそうだと思います」

よくわからないなりに私がそう言うと、毎阪《まいさか》さんは苦笑いする。

「ええ。たくさん売れるっていうことは、本が全国津々浦々まで広く流通するっていうことです。手に取る読者の人数も、ものすごく増えます。たくさん売れてるって話題になれば、普段は活字なんかに興味ないひとまで著作や作者の名前を知ってたりしてね」

「ええ。はい、電車の中吊《なかづ》り広告とかにまで私の名前が載ってますしね最近」

ＢＬ小説なのに。

ううん。やっぱりそれはもう、かなり一般的な代物なんだろうなぁ……。みんな、とくに若い子たちは気にせず接して、教室とかで気楽に話題に出しちゃう感じなのだろう。

良い時代になったものだ。

やっぱりみんな、物語が大好きなんだ。細かい種類や未だに根強い気がする偏見なんか、気にならなくなっちゃうぐらいに。それがとても、いち小説家として嬉《うれ》しい。

これから先も、私はそんな誰かに愛してもらえるような物語を――。

「だから、こんなひとからもアンケート葉書が届きます」

　今後もがんばろうという決意を固めて、何となく話を終えようとしてしまっていた私に、毎阪《まいさか》さんが一通の葉書を差し出してくる。

「最近はだいたいこういうのもスマホでＱＲコードを読み取ってメールで、って感じになっちゃってるんですけど。こないだの先生の新刊は昔からある出版社から出たのでね、こういう文化が根強く残ってるみたいです」

「あぁ……。私がライトノベル書いてたころもありましたよ、アンケート葉書。そういえば最近はあんまり見かけませんね、これ」

　なんて何気なく会話しながら、葉書を受け取って。

　褒めてくれる葉書とかを見せて作家をやる気にさせよう、という毎阪《まいさか》さんの編集者としての手法なのかな、みたいに思いつつ――そこに記された文章を読んだ。

　そして、私は言葉を失う。

○　○　○

『お久しぶりです』

　やや悪筆気味の、ちょっと読みづらい文字列。

いかにも意外とお行儀が悪かった、あの子が書きそうな――。

『なんて言っても、じゃなくて書いても、先生は戸惑われると思います。

俺も何だかぜんぶ、夢だったみたいに思ってしまっていますから。

誰に話しても信じてもらえませんし、お医者さんも辛い現実を忘れるために君が脳内で組み上げた妄想だよ、みたいに言ってましたしね。

でも。もしも、そうじゃない可能性があるとしたら。

俺がいちばん苦しかった時期に、出会ったひとが実在するのなら。

ぜんぶ夢じゃなくて、現実だったなら、すごく幸せです。

牛老丸《うしおいまる》先生。

覚えてらっしゃるでしょうか、俺は昔、薬邸知夫《やくていしるふ》という名前でした』

そこまで読んで、自分でも驚くぐらいの情感がこみあげてきて――。

「しるふくん」

呻《うめ》いて、涙まで溢《あふ》れてきた。

『何のことかよくわからない、という感じでしたら、さぞかし不気味な手紙に思えるでしょう。その場合は、読んだらすぐ捨てるなりして忘れてください。

でも。俺はどうしても、あなたに伝えたいことがあるので。

我慢して読んでくれたら嬉しいです。

牛老丸《うしおいまる》先生。

そんなお名前でしたね。

うしおさん、という呼び方で覚えてしまっていて、漢字なども曖昧《あいまい》で――ずいぶん見つけるのに苦労をしました。手元にあった本の筆名は、異なる名義でしたし。

その本も消滅するみたいに、いつの間にか無くなっていて。

だから、ぜんぶ夢だったという証明のようで、切なくなったわけですが』

あぁ……。そういえば朝読書のために、って貸した昔の私の本は返してもらってなかったなぁ。忘れていた、あれから本当に――色々あったから。

それはどうも、お互いさまらしい。その後にはお別れした日からの、彼の辿《たど》った半生が簡単に記されていた。施設出身の彼は、かなり苦労したようだった。

義務教育を終え、高校には進まずに働き始めた。

毎日が食うや食わずの大変な生活で、本を読む暇もなかった。しんどいこともたくさんあって――でも、私との思い出が心の支えだったと。

弱音を吐いたり生きることを諦めたりしたら、助けてくれた私に申し訳ないと。

そう思って奮起して、努力を重ねて、幸せで充実した毎日を過ごせるようになったと。

そんなようなことが、さらりと書かれている。

『ありがとうございます、うしおさん。そう呼ばせてくださいね。

あなたに伝えたかったです。

あの日、見つけてくれてありがとう。

美味《おい》しい食事を、楽しいお喋《しゃべ》りを、温かい居場所をありがとう。

助けてくれて、ありがとう。

あなたと出会えて、幸せでした。

今もずっと、幸せです』

こちらこそ。

そう言いたくて、つい葉書を己の胸元に押しつけるようにして抱きしめた。

葉書はたくさんの文章を書き綴《つづ》るにはちいさすぎて、文章はそこで終わっていたけど、もう充分——これだけで、ぜんぶ報われてしまった気がした。

しるふくん。

生きていてくれた。

幸せになってくれた。

それこそ、ありがとうとしか言えない。私は何も大したことはしてない、助けてなんていない……。むしろ、首を絞めてくるあの男から救ってもらったのだ。

それなのに。最後は寂しがるあなたを遠ざけた、裏切ったと思っていたのに。

怨まれていると。

でも。この葉書には感謝と、親愛しかなかった。

ひとつの悪意もなかった。

そして、彼は覚えていてくれた。大事に、想ってくれていた。

それだけで——。

「良かった」

私は笑顔の人々で溢れた遊園地で、周りのことなんか気にせず泣きじゃくった。

「良かったねぇ、しるふくん」

○　○　○

「先生」

毎阪《まいさか》さんがハンカチを取り出し、ぐずぐず涙を零《こぼ》す私の顔を拭ってくれながら、ちょっと悪戯《いたずら》っぽく笑った。

「良かったらその葉書の裏も、見てください。ほんとはプライバシー保護の観点から、普段は作家さんにも見せない部分なんですけど」

「……？」

促され、私はゆるゆると葉書を裏返す。

その下には差出人の氏名や現住所、年齢や職業などを記す項があった。

差出人の名前は、もちろん『薬邸知夫《やくていしるふ》』ではない。彼は名前を変えて遠方に移り住んだという――現住所は、いま私がいる遊園地の近くだ。

年齢は、毎阪《まいさか》さんと同い年。私より、十歳ほど上だ。

私のなかではまだ彼がちいさな子供のイメージなので、あんまり実感がないけど。そうだよね、三十年前の子供だったんだから。

「注目すべきは、職業です」

毎阪《まいさか》さんが動きののろい私に焦《じ》れったくなったのか、葉書のいちぶを指で示す。

「どうも彼、いろんな仕事を転々としてたみたいですけど。今は、この遊園地の従業員――キャストをやってるみたいですね。いわゆる着ぐるみの、中のひとです」

それは、大変そうだなぁ……というのが最初の感想。

二十代の鍛えた若者でもきつそうなのに、今の彼は四十代だろうから。

でも。そっか、すてきな仕事だ。

子供に夢を与えてるんだ、今の彼は。私と同じだ、なんて言えるほど子供に向けた物語をあまり書けてないけど（今、私が主に新刊を出してるのは十八歳以上が読むのを推奨されるエグめのBL小説の部門だ）。

彼もたぶん、私と同じで、昔の自分みたいな子たちをすこしでも楽しませるために働いてるんだ。納得と、共感があった。

でも、ちょっと待って。

「えっ、っていうことは……。しるふくん、ひょっとしたら近くにいるんですか？　毎阪《まいさか》さんはあの子と私を会わせようとして、遊園地に――」

「ん～。約束したわけでもないので、『会えたらいいな』ぐらいの感じですけどね」

挙動不審になる私を楽しげに眺めながら、毎阪《まいさか》さんは立ち上がる。

「お葉書には、べつに会いたいなんて一言も書いてなかったわけですし。あいつはもう、わたしと同い年のおっさんでしょう――会わずに綺麗な思い出のままにしといたほうが良いんじゃないか、って個人的には思います」

「でも」

私は葉書が風で飛ばされたりして失われることがないよう、また両手でしっかりと己の身体に押しつけて――呻いた。

「会いたいです。元気な姿を、遠くから一目見るだけでもいい」

「ん。じゃあ、捜し歩きましょうか」

こちらに手を差し伸べて、毎阪《まいさか》さんが私を立たせてくれる。

いつだって、私を導いてくれる。

「ふふ。気が逸《はや》っちゃってね、この葉書に気づいた瞬間に先生を呼び出しちゃいましたけど。電話番号の記載はなかったからお手紙で、いちおう丁寧に返信はしてます」

毎阪《まいさか》さんはご機嫌な様子で、小鳥のように囀《さえず》る。

「だから。先方はわたしたちが今日、ここにいることは知ってるかもです。忙しいみたいなんでお手紙を読んでない可能性も高いですが、読んでてお互い会いたいと思ってるなら、捜してれば――たぶんすぐに巡《めぐ》り逢《あ》えます」

「はい……。しるふくんは着ぐるみの仕事をしてるっぽいので、こっちからはわかんない気もしますけど。私はあんまり、四年間で見た目も変わってませんし」

焦って早口で、私は語りながら歩く。あぁ、先走って私を遊園地に呼び出した毎阪《まいさか》さんを責められない……。むしろ、すぐに行動を起こしてくれたことに感謝したい。

彼に、また会えるかもしれない。

会えたら、何を話そう？　久しぶり、か？　あのとき遠ざけたことへの、謝罪か？　彼が葉書にたくさん記してくれた言葉を返して、ありがとう——だろうか？

あぁ、さんざん反省したつもりなのに、大人のお姉さんぶって格好つけたがっている自分に気づく。今の時代では、向こうのほうが年上なんだろうに。

私は片足の感覚がやや戻ったぐらいで、あんまり成長できてないのに。

また会えるなら、〆切前にも徹夜とかせず美容にも気を遣ったのに。

毎阪《まいさか》さんとのデートだと思ってたから多少は身綺麗《みぎれい》にしてるけど、もっと前もって準備して、ちゃんとしっかりお化粧もして……。いやいや、何を考えている？

この思考は、彼と私の関係性に相応《ふさわ》しくなくないか？

私は単に、かわいくて可哀想だった彼を、あの子がたぶん求めてたんだろう失われた母親の代わりになって……。がんばって保護者を気取って、彼もそれを喜んで懐いてくれただけで、ちっとも——そういうのじゃないのに。

まるで、恋してるみたい。

早鐘のような鼓動。火照る頬《ほお》。普段は小説を書くために用いている想像力が、次から次へと無数の未来を描いていく。

頭が、どうにかなりそうだ。

ううん。とっくの昔に、どうにかなっちゃってたんだろう。

だから、妖精さんが見えた。

ちがう。あの子は、しるふくんは幻覚なんかじゃなくて――。

○○○

「うしおさん」

不意に、すぐそばから声がした。

それだけで、いろんな感情が溢れて――ショック死しそうになった。

「アイス食べません？　こっちの顔が見えないとわかんないと思って、今日は同僚に無理に頼んで持ち場を代わってもらったんですけど――」

遊園地のあちこちにさりげなく配置された、軽食などを振る舞うちいさくてかわいい屋台。そのひとつ、アイスを売っているところに、誰かが立っている。

従業員の制服を着て、朗らかに笑っている。

単なる愛想笑いじゃないだろう、その仕事を心から楽しんでいるように見えた。

それに。傲慢な予想かもしれないけど、たぶん、彼も喜んでくれている。

こうして、再び巡り逢えたことを。

「ずっと心残りだったんですよ、アイス。結局、うしおさんの手作りのやつは食べられなかったから……。でも、この遊園地に行きたかったことがあるって言ってたのを覚えてて、ここで待ってれば会えるかもって。だから、ここで働いてます最近」

我ながらちょっとストーカーみたいで気持ち悪いですね、って独りごちて。

すこし照れ臭そうに笑っている彼を見て、私は仰天した。

だって。

あれから三十年も経《た》つのに。たぶん、一目見るだけじゃ彼が彼だとわからないんだろうなって——何となく思ってたのに。

その顔に、見覚えがあった。

幼いころのしるふくんの面影があった、ということじゃない……。そうじゃなくて、私が違う名前で認識している人物と同じ顔のように思えたのだ。

私の唯一の、かつての恋人。

「カザミさん」

源氏名《げんじな》、風見鶏《かざみどり》。

何もわからない愚かな小娘だった私を、助けてくれたひと。

あぁ……。また、私の頭のなかで空想が紡がれる。物語が。

改変される前の歴史で、私が出会ったあのひとは、一家で失踪したという彼の——しるふくんの成長した姿だったのではないか。

あの酷い父親は、たぶん幼い息子を逃げる邪魔になると思って置き去りにして……。そんなしるふくんは彼を発見した悪い連中によって——何らかの理由、たぶん私と同じように親の借金を返すためという名目で、水商売をさせられて。

全身を改造されて、輪郭が崩れてきたからと言って常にマスクで顔を隠して。

だから。ずっと、気づかなかった。

同一人物だったなんて。

だって。そんなの、まるで運命みたいだ。

私が愛したふたりが、同じひとだったなんて。

物語めいている。でも、どうやら——それが事実だ。

歴史は改変され、カザミさんはもう私の記憶のなかにしかいない。しるふくんは保護されて、施設で育ち、今も己のやりたい仕事をやって生きているから。

だから。彼のなかには、私と恋人だったという記憶はないのだろう。

でも。だったら、ううん——今度こそ。

「カザミさん、って?」
ほら、しるふくんは覚えてない。
不思議そうに、首を傾《かし》げている。その仕草は、幼いころと変わらないね。
そう思ったら、無性に愛《いと》おしくて堪《たま》らなくなって。
駆けだした。
すこしだけ治りかけている足を誇るみたいに、全速力で。
向かう先には、彼がいる。
思い出のなかの、私の恋人。
幸せな記憶を共有しながら、時空を超えて再び巡り逢えた——愛しいひと。
「しるふくん!」
その名を呼んで。
「はい。うしおさん」
そう応えられて。
それだけで幸せいっぱいで、私は思わず彼に飛びついて抱きしめた。
そして。
すこしだけ驚いた顔で、それでも優しく抱き返してくれた彼に——。

私の人生でいちばんの、『大好き』を！

この物語はフィクションです。実在の人物、団体、事件等には一切関係ありません。

本書はアプリ「ＬＩＮＥノベル」にて掲載されたものに加筆・訂正しています。

# 恋《こい》の穴《あな》におちた。

2019年11月5日　初版発行

著者 ………… 日日日《あきら》

発行者 ………… 森 啓

発行 ………… LINE株式会社

〒160-0022 東京都新宿区新宿4-1-6 JR新宿ミライナタワー23階
https://linecorp.com/

発売 ………… 日販アイ・ピー・エス株式会社

〒113-0034　東京都文京区湯島1-3-4
http://www.nippan-ips.co.jp　TEL：03-5802-1859

印刷・製本 …… 大日本印刷株式会社

組版 ………… 株式会社RUHIA


Printed in Japan　ISBN 978-4-910040-01-1　C0193

LINE文庫

illust : loundraw (FLAT STUDIO)